人は違和感が9割

松尾貴史

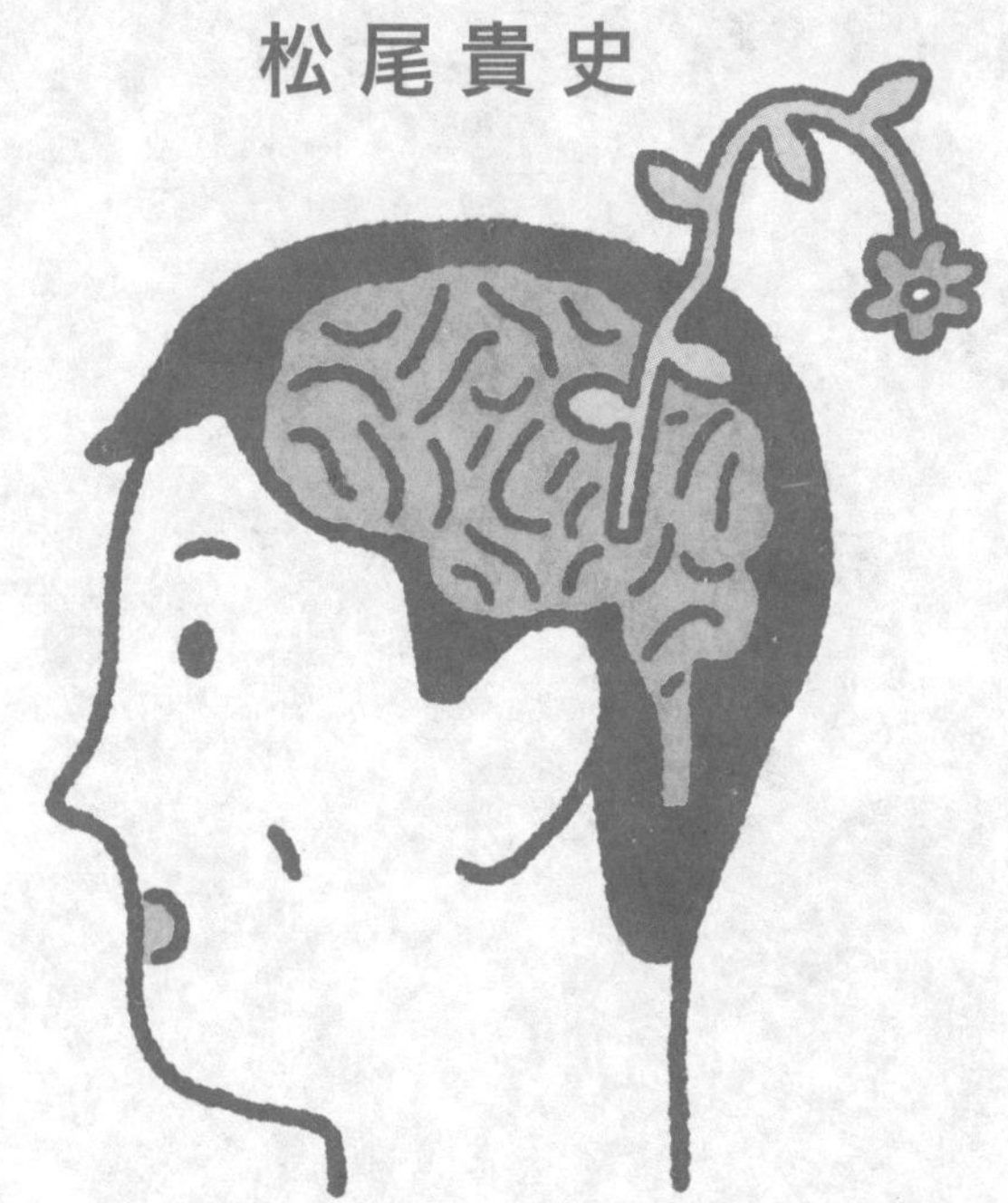

毎日新聞出版

人は違和感が9割

はじめに

毎日新聞に連載中の「ちょっと違和感」をまとめたものとしては、『違和感のススメ』『ニッポンの違和感』『違和感ワンダーランド』に続いて、4冊目となった。以前は章立てというか、テーマ別に分けてまとめていたこともあったが、今回は書いた時系列に沿って収録することにした。そのほうが、日々変化しつつも、一向に減らない「違和感」的なものの流れをご覧いただけるのではないかという意図もある。

今回は、表題を「人は違和感が9割」とした。すこぶるふざけたネーミングである。よそ様の過去のヒット作にあやかろうとしたわけではない。「人は◎◎が9割」の◎◎の中に入る言葉は「見た目」「話し方」「考え方」「聞き方」など色々とあるようで、しかしそもそもビジネス書を読まない私がこんなタイトルをつけるということは、その時点で「ふざけている」のを皆さんお見通しのことだろう。

毎度「違和感」「違和感」と申し上げるが、日常的に違和感を覚えることが多岐にわたり、種類も増殖しているのではないかと感じてしまう。違和感の中にも、既視感、不公平感、距離感、反感、罪悪感、圧迫感、隔世の感、鈍感、劣等感、緊張感、飢餓感、疲労感、絶望感、閉塞感、存在感、焦燥感、親近感、義務感、不快感、不透明感、無力感、痛税感、残尿感、尿意切迫感など、自分の身の回りは違和感だらけなのである。もちろん、ポジティヴな「◎◎感」も多く存在するが、この違和感で占められた日常は、本気で「人は違和感が9割」と感じさせてしまうのだ。

2023年5月11日（63回目の誕生日に）

松尾貴史

人は違和感が9割　目次

第1章　2021／11〜2022／2

第2章 2022／3〜5

第3章 2022／6〜8

第4章　2022／9～11

第5章 2022／12〜2023／3

対談

装丁　木庭貴信＋岩元萌（オクターヴ）
装画　かざまりさ

第1章

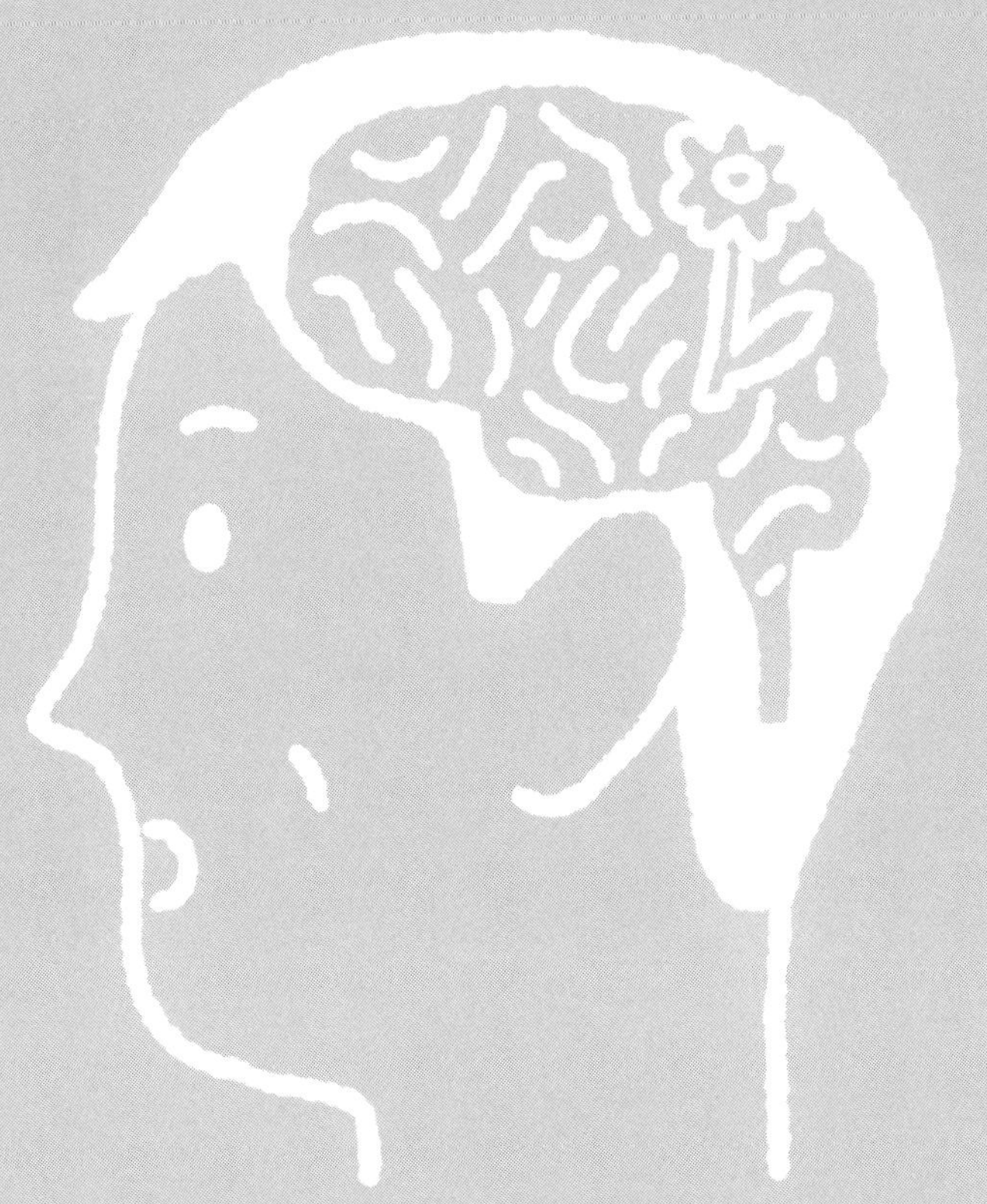

2021／11～2022／2

体制側かつ表現者、二つの立場で揺れ続け

永井愛さん作・演出の舞台「鷗外の怪談」に、森鷗外の役で出演している。埼玉県富士見市の市民文化会館「キラリ☆ふじみ」で長い公演の幕が開け、２０２１年12月12日から東京芸術劇場シアターウエスト（東京都豊島区）に移る。12月5日まで3週間ほどの公演スケジュールののち、12月16日から長野、山形、滋賀、兵庫、山口、静岡、愛知、北海道七飯町、北海道大空町と、２０２２年1月まであちらこちらを回ることになる。14年が初演で、その時はハヤカワ「悲劇喜劇」賞および芸術選奨文部科学大臣賞を受賞した名作で、今回は出演者全員を一新して上演されている。

森鷗外という人物はすこぶる不思議な人だ。陸軍軍医総監という役職の軍人であり文豪でもあり、科学者であり芸術家で、権力に忠誠を誓う身分でありながら、その小説、作品では政権が行っている書物の検閲や流通禁止などの言論弾圧を批判するという相反する二つの立場の間を揺れ続けた人で、今でいうところの「ダブルスタンダード」なのだろうか。しかし、それは都合よく振る舞ったわけではなく、体制側の人間であり、表現者の一人であるということの板

不思議の文豪
森鷗外

挟み状態に苦しんでのことだったのかもしれない。

タイトルに「怪談」とあるが、お化けや幽霊が出てくるようなホラーではなく、純粋に「怪しい話」という捉え方がいいのかもしれない。とはいえ、物語に登場する人物は、スエという使用人以外は全て実在で、劇中語られる社会的な出来事や事件などの事柄も、舞台となる１９１０年後半から翌年にかけて実際に起きたもので、時系列も事実の通りに扱われている。よくこれほどの内容を、この長さの中に戯曲として収めたものだと、ただ感服するばかりだ。

家族関係も面白く、「見たのか」と言いたくなるほどに詳細な話が出てくるけれども、実は鷗外自身や妻のしげ、周囲の人物、その子らが書き残した文献や資料を、つぶさに調べ上げて書かれた労作の台本なのだ。

読み合わせの段階から、そのおびただしいせりふ群についての抑揚や語調、リズムの細部に至るまで、演出の永井さんからの、緻密かつ微妙なオーダーに頭の中が真っ白になるほどだった。「～が～」を「～は～」としたり、「だが～」を「でも～」としたりするなどは禁止で、一言半句一文字であっても台本通りに発するという、私の苦手な分野で相当に鍛えられた。何と、立ち稽古に入る前に、１週間読み合わせだけの期間を設けられた。いかに言葉を重んじる公演なのかということも推し

量られる。

立ち稽古に入ってからは、「松尾さん、鷗外になってください」というダメを何度出されたことだろうか。鷗外という人自体がつかみどころのない人だったのにどうしたものかと悩むことも多かった。写真でしか見たことのない、動いているところも皆目知らない中、どう「らしく」振る舞うかということは、日々積み重ね、張り合わせ、刷り込んでいくしかない。

劇の中で起きていることは、実は現在の日本で起きていることと別世界ではなく、圧力などによって、政権に批判的な論調については報じさせず、報道ではなく広報と化した大マスコミの状態など、ご覧いただく中で現代の「何か」をつなげていただければ幸甚だ。

2021年11月9日執筆

コロナ禍対策の給付「必要なところに届ける」発想を

政府・与党は、新型コロナウイルス禍の経済対策として、一時給付金を５万円の現金と５万円分のクーポン券で支給するという。１回限りでどれだけの子育て世帯が救えるのか甚だ疑問だが、政府関係者が「困窮者対策ではなく、経済対策だ」と胸を張るのはどうかと思う。どの省庁からの、どの目的による立案であるかは勝手に評価すればいいが、税金の使い方として納得がいく扱いをしてほしいと思っている人は多いのではないか。

18歳以下だけが給付の対象になることについても、子供がいない家庭は排除され、「子を産み育てるご褒美」のようで疑問だ。本気で子供たちのためを思うならば、１回こっきりでどれほどの効果があると考えているのか。

子供のいる家庭のみが対象となれば、低所得世帯を切り捨てることにもなる。子供を産み育てたいと思ってはいても、経済的な事情で将来が見通せず、子育てを実現できない人たちが多くいる。その人たちは、困っている上に輪をかけて排除される目に遭うことになる。子供がいる、いないにかかわらず給付して、課税時に、所得が多い富裕層に給付した分を返還させれば、本当に必要としているところに早く確実に届くはずだが、そういう発想はないのか。

今は18歳でも、給付時までに19歳の誕生日を迎える人たちは対象から外されてしまうのか。子供のいない非正規労働者の夫婦にも給付はない。子供がいれば、「所得制限」に該当しない年収950万円だった場合、夫婦で合わせた年収が1900万円でも給付金がもらえることを、おかしいとは思わないのだろうか。

18歳以下の子供1人当たり10万円を給付することで、予算は2兆円ほどかかることになる。ところがここに、謎の「クーポン」なるものが鎌首をもたげてきた。10万円の半分の5万円をクーポン券として配り、必ず支出させて経済対策につなげる、という浅知恵だ。給付額の半分だろうが、全部だろうが、クーポン券として配布すれば、そもそも貯蓄に意欲がある人たちは、普段の生活に必要な物を買う時にクーポン券を充てて使い切り、浮いた分の現金を貯蓄に回すだろう。クーポン券に期限が切られているならば、期限内に使わざるを得ないところに使って、やはり使わなかった現金を手元に残しておくのはごく普通の発想だ。なぜこんな意味のないことをするのだろうか。

現金5万円とクーポン券5万円という形にすることによって、クーポン券の印刷代、人件費、

郵送料、広報などさまざまな経費が余計にかかり、２兆４０００億円に支出が増えるという話もある。これは、東京五輪・パラリンピックに関する予算の使い方や「アベノマスク」の時にも問題視された「中抜き」や不透明な取引と同じ構造ではないのか。どんな意味があり、誰が得をするのだろうか。もし４０００億円も余分な経費が増えるのなら、子供１人当たり12万円を給付するか、配る範囲を広げるかにしたほうがいい。

そして、給付のスピードの遅さにも目を見張る。クーポン券の配布はなぜか来春だという。政府・与党は、給付の記憶が新しいうちに参院選を迎えたいという姑息なことを考えてはいないだろうか。

新型コロナの感染が拡大した影響で、解雇されたり大幅に収入が下がったりしたことで、自殺者も急増しているところに、こんな感覚しか持ち合わせない「経済対策」は愚策だ。国を治め民を救済する経済のそもそもの意味を目的とする対策を一刻も早く施してほしい。

2021年11月16日執筆

高齢ドライバーの事故の扱い方、過大で短絡的

11月17日の昼、大阪狭山市のスーパーマーケットの敷地内で、1人が亡くなり、2人が重傷を負う事故が起きた。乗用車が前進と後退を繰り返して通行人を次々とはね、運転していた80代の男性は自動車運転処罰法違反（過失致傷）の疑いで現行犯逮捕された。人通りが多い場所なので、スマートフォンで事故の様子を録画した目撃者も多く、その生々しい映像も克明に見られる。多くのニュースや情報番組で、繰り返しこの事故の動画が紹介されるので、「また高齢者の運転か」「高齢者による自動車事故が後を絶たない」と感じている人も多いだろう。

2019年4月に起きた東京・池袋での悲惨な事故も記憶に新しい。この事故では、警察などによる高齢の男性運転者への対応が、男性の社会的地位などを考慮したと推察され、「上級国民」などという流行語まで広がった。

この国の高齢者の増え方には多くの分野で関心を持たざるを得ない中、象徴的な事故をマスコミが大々的に取り上げれば、視聴率も上がるのだろう。

高齢者の自動車事故が後を絶たないのは事実だ。しかし、それは若い人が運転した自動車事

故が後を絶たないのと同じことで、高齢者の運転ミスによる事故が増えているというわけではないだろう。07年からの十数年間で、75歳以上の高齢運転者による死亡事故の数は年間450件あたりを微増したり、微減したりしているが、明らかに「増えている」とは言えないだろう。ところが、総件数の中での高齢者による自動車事故の割合は相対的に少しずつ増加している。それは、若者の運転者が減少傾向にあることも要因の一つだろう。

なぜか、大手メディアは高齢者の自動車事故を喧伝するようになった。ドライブレコーダーの普及や、スマホでの動画撮影などが日常的に行われるようになり、テレビ番組などで素材として扱われるハードルも下がっている。しかもショッキングな映像は視聴率が稼げるとあって、話題作りにもってこいなのかもしれない。

高齢者の自動車事故の原因として「ブレーキとアクセルを間違えた」という話をよく聞くが、若いドライバーの方がペダルの踏み間違いは少ないと言い切れないのではないか。個別の事情は別として、年を取れば瞬間的な判断力が衰えていくことはあるが、運転のスキルはそう簡単に落ちるものではないだろう。

車を修理に出しちゃうとかねぇ〜。

高齢者の自動車事故を大々的に取り上げるのは、日本の経済が落ち込む中、自動運転機能が付いた車の販売促進を図るための情報操作だと見る向きもある。あるいは、マイナンバーを普及させるために、身分証明書として使われる運転免許証を返納させようとしているという見方もある。もし「どこかの方面」からの意向を受けて、放送局が意図的にやっているとしたら大問題ではないか。そこまででたらめな国ではないことを祈るのみだ。

高齢者の運転に関して「車に乗れないということも、年齢で線を引くべきだ」などと、乱暴な論評をするコメンテーターもいるが、地域による交通の利便性の差が大きく、70代でも働かざるを得ない国で、なぜそういう短絡的発想になるのか。東京や大阪といった大都市の様子しかイメージができないのだろうけれども、バスも電車もない過疎地域で、収穫した農作物を「道の駅」などに納品する高齢の農家の方にも廃業してしまえと言うのだろうか。

近隣に医院、病院、薬局がない人たちはどうすればいいのか。生きるためにどうしても車が必要だという人の状況を考えるべきだろう。運転技術や判断能力は個人差が大きい。「高齢者はタクシーを使え」と言う人もいるが、経済的な事情で現実的ではないだろう。領収書をもらっておけば国が補助するという形があるならばいいが。そもそも、過疎地ではタクシーのドライバー自体、高齢者が多い。

2021年11月23日執筆

似顔絵と肖像画　報道と広報の違いに似て

あまり知られていない言葉だが「折り顔」という造語は私によるものだ。折り紙の手法で人の似顔を表現するアートの呼び名で、もちろん、普及はしていない。忘れた頃、突発的に創作意欲が湧いて個展を開くのだが、観覧される方は楽しんでくださることが多いと自負している。

さて、「似顔絵」と「肖像画」の違いとは何だろうか。もちろん、似顔絵よりも肖像画の方が精緻な表現で写実的に描かれることが断然多い。高い職人芸的技術を駆使して、描かれる対象の人物の威厳を表し、功績をたたえるような画風にすることが通例だろう。作画する者が、その表現性を前面に出すのは似顔絵であり、肖像画としてはふさわしくないという意見もあるが、作者が「肖像」だと言えば純然たる肖像画なのだろう。

対して、似顔絵はというと、多くの人が「似ている」という感想を持ったとしても、描かれた本人はそれを認めず、そして喜ばないことが多い。カリカチュア（風刺画）の要素が強くなることも多く、特徴をデフォルメするので、実際の顔のバランスが違ってしまうことも多いし、その特徴自体、本人が弱点、欠点だと思っている場合も多いだろう。そこを大げさに表現されるのだから、喜ぶはずがない。

権力者やスポンサーを喜ばせるのが肖像画であり、似顔絵は風刺や、揶揄、諧謔の道具となることが多い。

似顔絵のそれは、演芸におけるものまねと相通ずるところがある。ものまね芸も、見たり聞いたりした観客が「似ている！」と喜ぶのだけれど、当の本人は「俺はこんな感じなのか」「私はそんなふうではない」と受け止めることがほとんどだろう。スターやその他の有名人が自分のものまねをされたときに、笑い飛ばしてその大物感を出すこともテレビの世界ではすっかり定着した「作法」になっているが、「ご本人と一緒」などと称してまねをする側と、される本物が共演するなあのさまには、ある種の脱力感を感じてしまう。

伝承的古典芸能の場合は、師匠の芸を丸ごとまねて、自分の体と頭と心にたたき込んで、一人前になってからじわりと個性が表れ、その分野が時代に調和するごとく進化していくというのがまっとうなのだろう。「学ぶ」という言葉の語源が「まねる」であり、「まねぶ」に転訛してできた言葉だという説がある（あるいは逆か）が、そこに批評を持ち込むことはまずないのではないか。

似顔絵と肖像画の違いは、報道と広報の違いに似ているかもしれない。技術的なことはさて

おき、報道は事象の問題点を浮き彫りにしてクローズアップして問題を提起する役目がある。広報は、発表する側の望む通りに「奇麗に」「広く」伝えればいいので、そこに問題提起や批評は持ち込む必要がない。

似て非なるものというくくりでいえば、「政治家」と「政治屋」という例もあろう。もちろん、後者は、そういう職業名があるわけではなく、自らそう名乗る者はいないだろう。新聞記者が自らのことを「ブンヤ」と呼んだり、映画関係者が「映画屋」と言ったりするときの含羞(がんしゅう)は、政治の世界にはないのかもしれないが、明らかに「政治屋」は存在する。

片や、世の中を良くしたいという正義感、使命感、義憤をもって政治の世界に飛び込んでくる者。片や、何不自由なく育ち、さしたる正義感も義憤もなく、例えば親の地盤、看板、カバンをすっかり譲り受けて容易に国会議員の職を手に入れて、既にエスタブリッシュメント（既成の権威）化された利益関係や、さまざまなしがらみの中で中抜きをしたりさせたりという「家業」「稼業」に努め、次の選挙で議席を守ることを最優先に行動する者。両者は収入や肩書は似ていても全く別の存在だろう。

２０２１年11月30日執筆

眠れぬ夜の処方箋「宝くじ妄想」で幸せ気分

二兎社の舞台「鷗外の怪談」が、埼玉と東京の公演で無事に千秋楽を迎えた。12月中旬から来年1月にかけては、長野、山形、滋賀、兵庫、山口、静岡、愛知、北海道の七飯町、大空町での公演が続く。舞台での主演はすこぶる久しぶりなので、気分がいつもとは違っているのだろう。稽古期間中から、どうにも気が立っているのか、睡眠の質が著しく低下した。暗闇の中で寝返りばかりを何十回と打って、気がつけば窓の外が薄明るくなるような日々が続いていた。

疲労が蓄積しているのに、神経が覚醒しているのか、入眠にてこずる日々が続いて、それが原因であろう体の不調が、面白いように次々と表れた。花粉症と思われる症状も強く出るようになった。舞台上でねじっておかしくなった腰の痛みも増して、接骨院に行ったら「ぎっくり腰一歩手前だね」と言われた。普段ならば何ということもない少しの運動で、息が上がって動悸が激しくなる、立ちくらみがするなど、さまざまなストレスが襲いかかってきた。もちろん休むという選択肢はないので、本番中のステージ上では、軍服や和服などの舞台衣装の下に大げさなコルセットのようなものを腰に巻き付けて、平気を装いながら必死で動き回っていた。

通常ならば「寝付けないなら寝なくていい」という姿勢なのだが、舞台公演の時期には、スタッフや共演者らにどういう迷惑が及ぶかを想定せざるを得ないので、無理をしてでも睡眠を取らねばという意識も強くなる。無理をして睡眠を取るというのもおかしな表現だが、睡眠導入に効果があるとされるサプリメントを飲んだり、医師に睡眠薬を処方してもらったりという、初めての経験をすることになった。

普段常用しないからなのか、サプリや薬の錠剤の効果はてきめんで、腰痛までが画期的によくなって、東京千秋楽ではコルセットなしで出演することができた。これほどまでに睡眠の重要さを思い知ったのは大きな収穫だった。なぜなら、これまで睡眠で苦労をしたことが一切なかったからだ。

昔から、布団に入ったら、ものの1分もあれば深い眠りにつくことが得意ですらあった。

「今日は寝付きが悪いな」と感じた時には、「宝くじの1等賞に当たったら、賞金を何に使うか」を考えるだけで幸せな眠りにつけていた。もちろん、今でも有効なので、もし興味のある方は試してほしい。腹立たしいことや心配事を意識の中心に置くと、眠りにつく時に分泌されるべきセロトニンが出にくくなると聞いたことがある。この物質は幸福感を得て安心して眠りにつかせてくれるのだそうだ。

だから「疑似の幸福感」を呼ぶために、宝くじを利用するのだ。「7億円のうち、2億円は貯蓄、1億円で土地と家を買って、2億円は京都と軽井沢に別荘を買い、1億円は株を買い、1億円は慈善事業に寄付」などと考えるうちに、すんなりと入眠できる。「そんなことを考えたら興奮して余計に寝られないのでは」と言う人もいるが、そもそも1等に当選するわけがないので興奮状態にはなり得ないのだ。

しかし、不思議なものだ。映画館で映画を見ている時や、もうすぐ降りなければならないバスに揺られている時、高速道路を運転している時、会議や打ち合わせの最中など、寝てはいけない時、寝なくてもいい時には襲ってくる睡魔が、なぜ布団の中では襲ってくれないのだろうか。

2021年12月7日執筆

４回目の入院、経過は良好

12月14日、時代劇に親しんだ人なら「赤穂浪士が吉良邸に討ち入りした日ね」などと言うところだが、最近の若い人にはピンとこないだろうか。師走で慌ただしくなる中、生まれて初めて「緊急入院」なるものを経験した。

通常の「入院」ということであれば、４回目ということになる。

最初は30歳を幾らか過ぎたあたりで、痔の手術をするために肛門科の病院に１週間ほど入院した時だ。東京・赤坂に痔で有名な病院があって、そこで診てもらおうと診察室に入った途端に、医師が看護師に「おーい、これ（私のこと）、院長だろ？」と聞いたことに愕然とした。芸能人やスポーツ選手は院長の担当だという暗黙の習わしがあるのだろう。「これ」呼ばわりには面食らったが、せっかく来たのだからと診てもらったが説明が極めて不親切で、手術などにかかる金額を聞いてこれまた面食らった。そこで自分なりにセカンドオピニオンのつもりで、青山にある別のクリニックに行ってみた。

そこでは、すこぶる分かりやすく説明をしてくれ、希望も聞いてくれた。現在ではどうなっているか分からないが、当時は痔の手術には保険が適用されない術式や素材を使うとかで、それでもいいかと確認された。優れたものに思えたのでお願いしたく思い、金額を聞いてみたら、1週間ほどの入院で、何と赤坂の病院で提示された金額よりもずいぶん安い。もう30年近くたつが、以後すこぶる快適で、再発の兆しは一切ない。

2回目は、7年ほど前だろうか。東京都中央区の大病院で、人間ドックを受けたついでに相談をして、長年悩まされてきた、鼠径（そけい）ヘルニアの手術を受けた時だ。いきむと、内圧が高くなって、骨盤の隙間から腸が下腹部の横あたりにはみ出してくる状態が何年も続いていたのだ。時代劇の舞台に出ている時、場面転換で衣装部屋で着替えている時、急に下腹が痛くなってうずくまり、隣で一緒に着替えていた西岡徳馬（にしおかとくま）さんにたいそう心配されたのを覚えている。何とそれから5年間もそんな状態で治療を一日延ばしにしていたのだった。

その手術の時は2泊3日で退院できた。病室に契約している保険会社の担当者が突然入ってきて、すこぶる驚いたことを覚えている。「コロナ禍以前はそんなものだったなあ」と懐かしくも思う。

3回目は一昨年の10月だ。夏ごろから自動車の運転をしている時に、前の車の屋根が波打って見えるようになった。いや、そうなっているのに気がついたのだった。すぐに眼科で診ても

らい、黄斑上膜という、網膜上を膜が覆う病気になっていたのだった。眼球に３カ所穴を開けて、ピンセットでその膜を取り除いてもらう手術をしたのだが、これでまた目が前より見えるようになって、１年以上たった今も快適だ。

そして４回目の入院だ。今回は緊急というわりには、手術は必要としなかった。肺の血管に血栓ができて塞いでしまい、まっとうに酸素が供給できなくなるという病気で、血栓をゆっくりと溶かす治療をすることになった。経過は良好で、正月は自宅で迎えることができた。

２０２２年１月某日

こども家庭庁 親と別人格の個、尊重できるか

少子高齢化問題が叫ばれるようになったのはいつごろだろうか。少なくとも、40年ほど前から懸念されてきた。長きにわたって、そのほとんどの期間を自民党が政権を握っていたのだが、目先の利益誘導だけに心血を注いだからか、それとも彼らの持っている理念そのもの（選択的夫婦別姓にすら抵抗を続けている）が子供を産み育てにくい性質のものだからか。おそらくはその両方だろうけれども、何の効果的な手立ても講じずに時間を浪費し、問題は深刻化する一方だ。

子供の貧困対策や子育て全般に対する支援が目的であろうと思われる「こども庁」創設の案が出たのは菅義偉（すがよしひで）内閣の時だった。名目としては、問題解決の障壁となる縦割り行政を打破して、省庁が横断的に子供のための政策を実現するというものだった。

それが文教族の圧力がかかったのか、自民党の「家庭が大事」という呪文で「こども家庭庁」という余分な言葉が入り込んだ名称になった。学校でいじめ、虐待を受ける子供に対して「家庭庁」がどう干渉していくつもりなのか。虐待などが生まれがちな「家族」の状況でも、

赤ちゃんはママがいいに決まっている。

「家庭」でありさえすればいいのか。自民党は、家父長制の通念を優先し、「個」の尊重のない社会を固定化しようとしているのだろう。「子供と親は別人格だ」ということがなぜ分からないのか。

「こども庁」というネーミングには、子供のことを第一に考え、子供を社会の中心として捉える意識があったのではないかと思う。家庭や社会環境で苦しむ子供たちのための仕組みであるべきなのに、わざわざ「家庭」という「型」を押し付ける意味が分からない。子供一人一人がそれぞれ違った事情に取り囲まれる中で、「家庭が地獄」である子供でも、温かな家族に恵まれた子供も、家庭すら存在しない子供も、全てが尊重されることを考える仕組みとなってくれればいい。

だからこそ「家庭」という単位ではなく、子供個人、それぞれに目を向けるべきだ。「子供は健全な家庭によって育まれるものである」という前近代的な家族回帰は、その大きな妨げになることは明白だ。家族構成や、婚姻の有無、血縁などに縛られない多様な子育てのスタイルを認める制度を推し進めたフランスが、少子化に歯止めをかける大きな効果を上げていることからも明らかだろう。

子供の貧困率の高さについても、政府は危機感を持っているとは思えない。新たな組織を作るというが、その予算をどう捻出するのかという問題もある。これまで省庁の縦割りが邪魔をして子供を貧困から脱却させる対策が進まなかったという問題点がはっきりしているのなら、厚生労働省や文部科学省などにそのための対策予算が割り当てられていたのだろうから、それを差し押さえて、対策を進める予算に移行すればいいと思う。そんなことはせずに新たな枠を設けて支出の名目を生み出すのだろう。「こども家庭庁」の事業を賄うため増税を計画中という話も聞こえてきた。社会的養護利権を肥やそうとしていると勘繰られても仕方がない動きではないか。本当に必要なところに、金は注入されていくのだろうか。例えば、保育士の待遇の改善を、省庁の縦割りが阻んでいたとは理解しにくい。

そもそも、人間の幸せというものは、家庭という単位にあるのか、個人にあるのか。これは「往々にして」「大抵の場合は」という問題ではない。取りこぼされ、置いてけぼりにされている子供たちも含めた、普遍的な問いである。家族の保育責任をさらに固定化させる方向にいってしまうのではないかという心配も湧いてくる。

2022年1月11日執筆

「情報番組」の呼称　「ショップ店員」に似ている

習慣的にテレビのワイドショーを見なくなって数年がたつ。面白くないわけではないので「見ない」と決めているわけではない。仕事場や飲食店でテレビがついていれば、ぼんやりと見るでもなく見え、聞くでもなく聞こえている状態になることはある。

ワイドショーという呼称に抵抗を感じる関係者が増えたのか、最近は「情報番組」と総称されることが多くなったような気がする。情報番組という言葉に対する違和感は、聞き初めの頃から既にあった。情報のない番組などどこにあるのか。ドラマやドキュメンタリーも情報の宝庫だし、コマーシャルも情報だ。

報道番組は早く正確な情報を伝えることが本分だろうと思うけれど、それを「情報番組」とは呼ばない。視聴者には関係のないところで、放送局の報道部が作っていると報道番組、社会情報局やバラエティー班が作っていると情報番組などと呼ぶこともあるだろうが、長年続いている午後の帯番組で報道部が作っているものもある。

この「情報番組」という言葉は、テレビでインタビューを受ける人につけられる「ショップ店員」という肩書に似ている。店員という言葉の中に、ショップの従業員という意味があるのではないか。ショップでない店もある、ストアもある、銀行も「○○支店」というではないか、といった反論は聞かれないし、「ストア店員」「銀行店員」という肩書も見たことがない。

「演技派俳優」という言葉も同じだ。芸能ニュースなどでは「あの演技派俳優の○○○○さんが、◎◎◎に感染していることがわかりました」などと報じられている。しかし「演技」をしない「俳優」などいるのだろうか。「演技派」という肩書は、アイドル的な存在ではない、濃厚なラブシーンを演じることができる、年を取っている、などの場合によく冠されるが、「歌唱派歌手」「執筆派小説家」「調理派料理人」「表現派芸術家」「筋肉派ボディービルダー」のように意味のない熟語だということに気がつかないのだろうか。

ワイドショーでは、料理に関する情報も多く取り上げられる。「簡単レシピ」やグルメリポートなど、題材集めに困らない割には関心を呼ぶので、古くから定番の企画になっているのだろう。VTRからスタジオ場面に切り替わると、リポートの内容についてアナウンサーが感想として「あのハンバーガー、気になりますねえ」「ちょっとざわつきました」などと言って

いるのが不快だ。「食べてみたいです」「興味が湧きました」ではなく、「気になる」そうだ。いけないわけではないが、ちょっと違和感を覚える。

料理の講師が、調理法を実演しながら解説するときに、食材を擬人化することにも違和を感じる。「キュウリは、塩でよくもんであげてください」「鶏胸肉には、かたくり粉をつけてあげると食感が……」などと言っている。

なぜこれから食おうとしている食材に「してあげる」という表現を使うのだろうか。そもそも食べさせてくれている命の側ではないのか。分別盛りの先生がそういう言葉遣いであることがなんともしっくりと納まらない。「ペットに餌をあげる」「お花に水をあげる」という、幼児に話すような意識で視聴者に向かっているからそうなってしまうのではないかとも想像する。

コマーシャルに入る前に、他局にチャンネルを変えられないように引っ張るための「コマーシャルの後は、女性の皆さん必見の、あの情報です」「さて、こちらの見慣れないグッズなんですが、女性が大喜びする機能が備わっているんです」「こちらのパン屋さん、今、若い女性に大人気なんです」というような物言いにも辟易(へきえき)する。内容をほのめかせば、見る人は見るだろうが、これがジェンダーの問題を取り上げた直後という場合もあって、失笑したこともある。ワイドショーは、そういう意味で、面白い。

2022年1月18日執筆

口腔・歯科治療、健康保険の適用範囲広がらぬか

韓国与党「共に民主党」の次期大統領候補、李在明（イ・ジェミョン）さんが「薄毛の治療を公的医療保険の対象にしよう」と提案して、物議を醸しているそうだ。李さんは「1000万人近くが薄毛に悩み、大変な思いをしている状況に鑑み、保険を適用すべきだ」と主張した。韓国の人口が5000万人として、そのうち、男性が半分で（もちろん薄毛で悩む女性もいるだろうけれども）、そんなに多くの人が苦労を強いられているというのは想像しにくいが、どういう統計に基づいたものなのだろうか。対立候補は、これを「大衆迎合だ」と批判し、対案を示している。

悩む人にとってはシリアスな問題なのかもしれないけれど、薄毛は病気なのかということについては、一概には決め付けられないだろう。薄毛の治療に莫大（ばくだい）な予算が投じられて、深刻な病気を持つ人を救えなくなるのでは、という指摘もある。

古くはユル・ブリンナーさん、ショーン・コネリーさんから、ニコラス・ケイジさん、ブルース・ウィリスさんら「髪がなくとも、かっこいいスターはたくさんいる」と、飲み屋での軽口などでは聞かれるけれど、東洋人はなかなかそういう人がいないのだろうか。日本人でも

ユル
さま。

薄毛で魅力ある有名人はいるし、ハリウッドのスターでもバート・レイノルズさんのようにかつらを着ける人はいる。薄毛を隠したい、恥ずかしいという人もそれぞれの事情でさまざまなのだろう。しかし、これを治療が必要な病気と捉えるのはいささか抵抗がある。

薄毛治療を保険診療の対象にしようというのは、もちろん選挙のためであろうことは明らかだけれども、どれほど効果的な策略なのだろうか。まさか李さんが１０００万票全体が自分に転がり込むとは思っていないだろうし、「保険適用してもらえるなら」と、薄毛の皆さんの投票行動に結びつくようには思えない。

そもそも、薄毛から別の病気や重い症状に進行するということが想像しにくい。「髪の毛が薄い」ということから起きる健康被害というと、私の乏しい想像力からは、頭頂部の過度の日焼けぐらいしか思い浮かばない。

薄毛問題から外れるが、私たちの健康の基本となるものは何だろう。やはり、食物が入ってくる口腔（こうくう）、歯科治療が最も重要なのではないだろうか。しっかりと咀嚼（そしゃく）でき、胃にも腸にも優しい状態で食べたものを送り込めることが、万病を防ぐことに大きく寄与するのではないだろうか。

個人的な希望だが、歯科医院でかかる治療料金の保険適用の幅を広げてほしい。施術、治療法自体に賛否が分かれるのかもしれないけれど、例えば日本の健康保険制度では、ごく限られた場合を除いて認められない、インプラント治療の適用範囲を広げたらどうだろうか。歯の本数の限度があってもいい。保険の財政を圧迫するという懸念もあろうが、自分の力で咀嚼することができるのと、できないのとでは、その先に病気にかかるリスクが格段に違ってくるのではないだろうか。

日常的に食物繊維や多様な栄養を摂取する可能性が高くなり、胃や腸へのダメージも軽減される。物をのみ込む訓練にもつながり、誤嚥性肺炎の防止にもなる。咀嚼による脳の活性化にもつながるし、人と会うことがおっくうにならず、行動的にもなれる。結果的に、保健医療全体にかかる予算が小さくて済むようにならないだろうか。

高額な歯の治療を諦めて、2次的、3次的なトラブルで健康を害してしまう人も多いのではないかと想像するのだが。素人考えの短絡かもしれないけれども、連鎖的に罹患する病気を防ぐことに役立つのではないだろうか。

2022年1月25日執筆

大千秋楽、一生忘れられぬ思い出に

二兎社公演「鷗外の怪談」の40回近くに及ぶ舞台が終幕した。大千秋楽は山形県のＪＲ蔵王駅にほど近い「東ソーアリーナ」だった。他の地域の劇場も含め、ご高覧くださった皆様、誠にありがとうございます。

山形駅から男性出演者４人全員でタクシーに乗り合わせて移動するのは窮屈だろうと思ったこともあるが、山形駅近くのそば屋に寄った後に、蔵王までの１駅を列車で行こうと思いついた。本番と同じような状況で確認する正午からの「場当たり稽古」に間に合うように移動できれば何の問題もなかった。

そばに満足した後、場当たり稽古までは40分ほどの時間がある。改札でSuicaを「ピッ」といわせて、駅員に「隣の蔵王に行くのはどの列車ですか」と聞くと、「え、ええと、３番線」と面倒臭そうに答えられた。それを聞きさえすればこちらのもの、急いで向かうと「ワンマン」の２両編成の列車が来た。乗り込んでしばらくすると扉が閉まる。そろそろ出るのかな、と思うとまた扉が開いて客が乗ってくる。閉まる。また開く。そうか、車内の保温のために乗客が乗る度に開け閉めしているのか。

　ようやく出発し、程なくして次の駅に着いた。

「北山形、北山形」。その列車は、何と蔵王駅と反対方向に進んでいたのだった。慌てて降りて引き返そうと改札へ向かうと、中年の駅員が別の客の応対をしている。その先客は、私がよほど焦った顔色であることに気を使ってくれて「先にどうぞ」と前をあけてくれた。

「蔵王に行こうとしたら反対に来てしまったのですが、次の列車は何分ですか?」と尋ねた。

「うーん、しばらくないよお」と時刻表を開こうとしてくれたが、その様子から稽古に間に合う列車が存在する確率はゼロだと感じたので、「では、このスイカで入場したので処理してください」と言うと、「この駅はスイカが使えないのよ」と言う。隣の山形駅でこれで入ってきたのに次の駅では使えないのだ。ではどうすればいいのか。「山形駅まで戻って処理してもらって」とのことだ。いやいや、戻ろうにも列車が来ないのに。

　とにかく劇場に急がねば。運良く、駅前にはタクシーが2台、客待ちをしていた。慌てて乗り込んで「東ソーアリーナまでお願いします」。「何だそれ」「劇場です」「劇場」「昔のシベールアリーナです」「菓子屋か」「お菓子屋さんの名前がついた劇場です」「本社か」「本社かどう

3番線です！

知らんけど……。

かわかりません」「まあ、わかると思うよ」「どれくらいで着きますか」「まあ20分かな」。その後は、運転手さんの「いかに景気が悪いか」という話を延々と聞かされるも、山形弁がなかなかに精度が高く、半分も理解できなかった。

４０００円ほどの出費をして、5分遅れで場当たり稽古を始めることができた。

果たして本番となり、大千秋楽ということもあり、また私の緊急入院のせいで延期になってこの日を迎えたという事情もあって、いっぱいに詰めかけてくださったお客さんの熱量が素晴らしく、カーテンコールを5回もいただいた。作・演出の永井愛さんにも登壇いただいて、最後は山形のおじいさん、おばあさんたちも総立ちになってのスタンディングオベーションを目の当たりにして、感動はひとしおだった。

終演後、関係者全員が劇場に最寄りの新幹線駅「かみのやま温泉」へ向かうところを、大急ぎで片付けた私は1人、スイカの処理をするために山形駅に向かったのだった。問題なくＩＣカードの情報を無かったことにしてもらって駅前に出ると、東京からわざわざ見にきてくださった知人親子に邂逅（かいこう）という出来事まであって、一生忘れられない公演となった。

２０２２年２月１日執筆

「報告されているんです!」誰から誰に?

結構以前から「貧血でお悩みの方の鉄分補給に役立つ」とアピールしている球状の鉄製品は、どれほどの効果があるのか気になっていた。湯を沸かす時に、鍋などの中に鉄の玉を放り込んでおけば、沸騰する過程で、鉄の成分が溶け出すという。その湯でお茶をいれたり、みそ汁を作ったりすれば、簡単に鉄分の補給ができるというものだ。

面白い発想をする人がいるものだ。これは聞きかじったことなので真偽は定かではないけれど、当初500円で売り出したときには値段に説得力がなく売れ行きが悪かったのに、800円に値上げをしたら飛ぶように売れたというエピソードを聞いた。

収録などで赴くテレビ局のメークルームには、たいていリアルタイムの放送が見られるテレビモニターが設置されていて、番組内のコメントやコマーシャルの売り文句が聞こえてくる。最近、すこぶる違和感を覚えるのは「報告されているんです!」という表現だ。機能性表示食品、健康食品、特定保健用食品、サプリメントなどの宣伝に添えられ、ナレーションというよりは叫びに近い声で「食後の血中中性脂肪の上昇を抑える効果が、報告されているんです！」「含まれている○○には、血圧を下げる効果が、報告されているんです！」などと言うのだ。だが、この「報告されている」とは、誰が誰に対して「報告」していることを言っているのだろうか。

それも、同じCMの中で何度も「○○のことが、報告されているんです！」と言うので、つまりは「効果があります」と言ってしまってはいけないという規制が適用される商品かも、とにおわせてしまい、虚偽ではないのかもしれないが、誇大広告の恐れがある「すれすれ」の商品なのでは、と感じてしまう。私は絶対に購入しようという気が起きないのだ。

この「報告されているんです！」という言葉は「ちゃんとした学術機関で立証されているのかな」という、間接的なムードも醸し出す。きっと高い予算を使って大々的にテレビで広告を打っているのだから相応に売り上げているということなのだろう。その食品を飲んだり食べたりすることで「体調や体力が改善した」と感じることは、実際にその機能が備わっていなくとも、思い込みで症状が改善すると感じる「プラセボ効果」が働いていることもあるだろう。

商品アンケートで「本品を使用して、その効果を実感していますか？」と質問するのではなく、「本品を購入したことに満足していますか」と尋ねて「はい」と答えた人の

えっ、本当に80歳!?

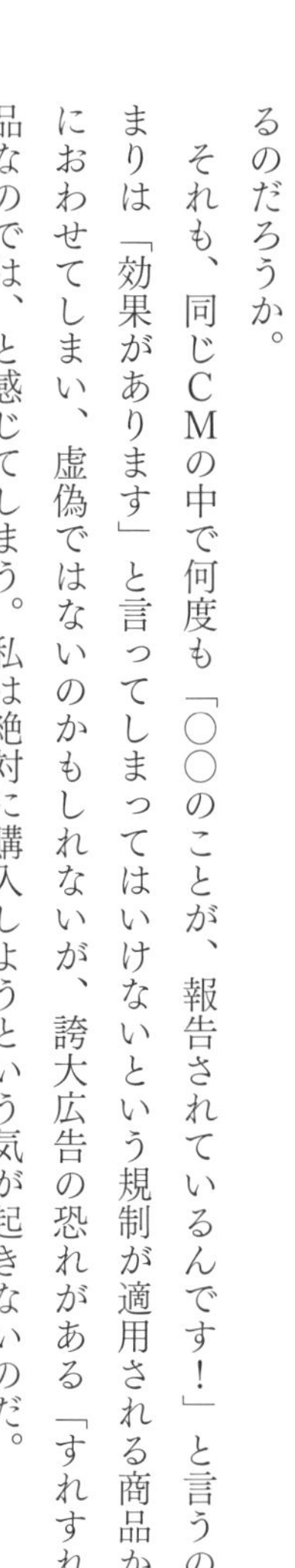

データで「○％の人が、効果を実感しているんです！」などと宣伝文句に用いる例もあるそうだ。

科学的な根拠が薄い、肯定的な論文だけをわざと取り上げているのかもしれないのに「報告されている」と言われると「へえ」という気分にはなる。例えば、あるカルシウム入りの商品があったとして、1日に必要なカルシウム摂取量は及ばずとも「カルシウムは骨に必要な成分です」とうたわれると、品物自体にありがたさを感じてしまうのは人情だろう。もちろん、補助的には使えるのだろうけれども……。

定期的に届く契約の健康食品で「月々6000円のところを、初回は500円！」などという売り方もある。こういう場合は、面倒な解約手続きを取らないと延々と購入させられてしまうかもしれず、近づくのは勇気がいる。それでも「初回が安くなる」という言葉には、不思議な魅力を感じる人も多いのだろう。

2022年2月8日執筆

立ち尽くす女子学生。「いけず」のバスは行く

最近とみに、バスをよく使うようになった。ご時世のせいか、超満員となることが少ないことも影響している。自宅で「さあ寝よう」というときになかなか寝付けないくせに、バスに乗っていると毎度眠気が襲ってきて「このまま誰かベッドまで私を運んでくれないものか」という気持ちになる。誰か、バスの揺れとエンジン音とアナウンスを再現する椅子を作ってくれないものだろうか。寝室に置いて、眠くなったところでベッドに倒れ込むという安眠法を実現させてみたい。

東京都内で電車を使った移動は、放射状になっている路線が多いので、大きなターミナル駅を経由しなければならないこともあるが、バスならその地域を縦断するように走ってくれていることも多いので助かるし、乗り換えも少ない。眠って乗り過ごしても、バス停の一つや二つならば大した距離でもない。

バスの中でのアナウンスがどんどん増えていくのを嫌う男を描いた短編映画を監督として撮ったことがある。哲学者の中島義道さんが書いた「うるさい日本の私」に着想を得て作った

「『優しさ』の國（くに）」という十数分の映画だ。交通機関でのさまざまなアナウンスが増えていくことを苦々しく思ったベンガルさん扮する男が、運転手（金山一彦さん）や、バス会社の男（立川志の輔さん）に掛け合うも解決せずに、「問題の日」を迎えてしまうというほのぼのとした内容だ。ただ、中島さんの主張もむなしく、現実にはあらゆる公共の場はさらにうるさくなるばかりだ。

先日、東京・渋谷のバスターミナルに止まっているバスに乗り込んで発車を待っていると、前の方から発車間際だということを悟った女子学生が走ってきた。そして、あと3、4メートルというところで運転手は扉を閉めてしまい、ドアの前まで来ていて、ぼうぜんと立ち尽くす彼女を尻目に発車してしまった。乗る意思表示をしている人がすぐ目の前にいるのなら乗せてあげるべきではないのだろうか。「ちゃんと時間までに来て並んでいろよ」という教育のつもりなのだろうか。

私がこんなことを言うと「バス業界のことを分かっていない」などと言う人がいるかもしれないが、深い事情を分かった上でも私の感想は変わらないだろう。定時運行についての厳しい通達、指導があるのかもしれないが、道路事情によっては時刻表よりも遅れることは茶飯事で、

バスがすき。

定時より前にバス停を通過してしまうバスもまれにだがある。こんな分かりやすい「いけず」をして利用者らの反感を買う必要があるのだろうか。

女子学生を待たなかった運転手は、装着しているマイクでしゃべるも、何を言っているのか皆目聞き取れない。義務で言わされているのでイヤイヤやっているとでも言いたげなほど、ぼそぼそつぶやくだけで、それなら雑音が増えるだけなのでやめればいいのにと感じる案配だ。アナウンスに限らず、運転技術や接客も含めて、いい人はすごくいいのに、そういう人たちの努力はこんなことで帳消しになってしまうのが何とももったいない。

同じ路線では前の便を追い抜いてはならないという決まりがあるのだろうか、バス停に３台続けて来たことがある。こういう時には、ずいぶん早くにバス停に着いて長く待った人がぎゅうぎゅう詰めの満員の車内に押し込まれ、ついさっき、一番後に来た人が、３台目の空いているバスに悠々と乗って快適に座れて、しかもほぼ３台同時に次のバス停に到着するという現象も起きる。これもバスという乗り物の醍醐味でもあるのかもしれないが。

２０２２年２月15日執筆

追悼・西郷輝彦さん 自然な握手が格好よかった

西郷輝彦さんと初めて会ったのは、20年ほど前だ。ドラマ「警部補 佃次郎」シリーズでの共演で、西郷さん扮する警部補と、相棒役の刑事、六平直政さんから、殺人事件の犯人ではないかと疑われつつ聞き込みをされるという場面だった。ロケ現場でお目にかかった西郷さんの姿は「神々しい」と言っても過言ではなく、撮影に対する緊張とは別の感覚を持った。現場で、毎回出演している六平さんがリラックスさせてくれたのを思い出す。

西郷さんは、私が子どもの頃からの大スターで、ヒット曲のタイトルにも「星娘」「星のフラメンコ」と「星」が付くものが多いが、文字通りそのイメージを持っておられた。5、6歳の頃には「好きなんーだけどー」などと口ずさんで遊んだ思い出がある。「フラメンコ」という言葉も、西郷さんの歌で初めて知ったのではなかったか。

1973年には、西郷さんはまた別のスターになっていた。関西テレビが作り全国放送された、花登筺さん原作・脚本の連続ドラマ「どてらい男」の主人公、山下猛造の半生を描いた商魂もので、西川きよしさんや笑福亭仁鶴さんら演芸界の人気者が多数出演して、中学1年生の

巨星

私ですら初回からのめり込んで見ていた。
「どてらい男」は大人気を博し「戦後編」「激動編」「死闘編」「総決算編」とシリーズが続き、77年まで、足掛け５年の放送となった。仁鶴さんの師匠である６代目笑福亭松鶴さんが商売の指南役で登場した時期には、一話も見逃さなかった。昭和の名優が大挙して出ているので、作品を見る機会のある方はご覧になることをお勧めする。近年、ドラマ「半沢直樹」を見て「どてらい男」を思い出した人がいたそうだが、さもありなん、73年11月放送の第６回のサブタイトルには「やられたら、やりかえせ」とある。

全くの余談だが、97年に制作、放送された久世光彦（くぜてるひこ）さんプロデュースのテレビ大阪開局15周年記念ドラマ「がんばりや！　平成版どてらい女（やつ）」に、主人公の坂本冬美さん演じる典子をサポートする側近の役で私が出演したのも何かの縁かもしれない。

「警部補　佃次郎」での共演の３年後、東京・池袋のサンシャイン劇場で、私が座長を務めていた演出家Ｇ２との演劇ユニット「ＡＧＡＰＥ　ｓｔｏｒｅ」の「仮装敵国」（「仮想敵国」ではない）という芝居で、西郷さんの娘の辺見えみりさんと夫婦役を演じていたときに、観劇に来られた西郷さんが楽屋を訪問して激励くださった。これほど自然に握手ができる日本人に、私は数人しか会っていないなあなどと思う格好のよさだった。

その頃、えみりさんに教えていただいたエピソードだが、まだ幼いときに母の辺見マリさんは西郷さんと離婚されて、お父さんが誰かを知らず、ある時にマリさんや周囲の人に聞いたら、断片的に「大スターである」「名前に西の字が付いている」「御三家（徳川御三家になぞらえて、舟木一夫さん、橋幸夫さんと3人で並び称されていた）の一人である」という情報を知り、長い間「新」御三家の、西城秀樹さんを父親だと勘違いしていたのだという。

その後は、仕事以外で食事をしたり、酒を酌み交わしたり、家族ぐるみで花見をしたり、ということで日常的にご一緒する機会が多かった。定期的に行われる落語家の桂吉坊さんの独演会には、西郷さんと私の連名で「席亭」を名乗らせていただいていた。口実を作ってはお目にかかり、芝居や歌だけではなく、政治関連のお話もたくさん聞かせていただくことができた。

森繁久彌（ひさや）さん、芦田伸介さん、若山富三郎さん、夏目雅子さんらが出演した、森谷司郎監督の映画「小説吉田学校」（1983年公開）で、西郷さんが田中角栄役を演じた折、目白の田中邸に1週間住み込んで役作りを研究した時の思い出話も大変に面白く聞かせていただいた。ちなみに、その時、身辺の世話を焼いてくれたのが小沢一郎さんだったという。

哀悼。

2022年2月22日執筆

第2章

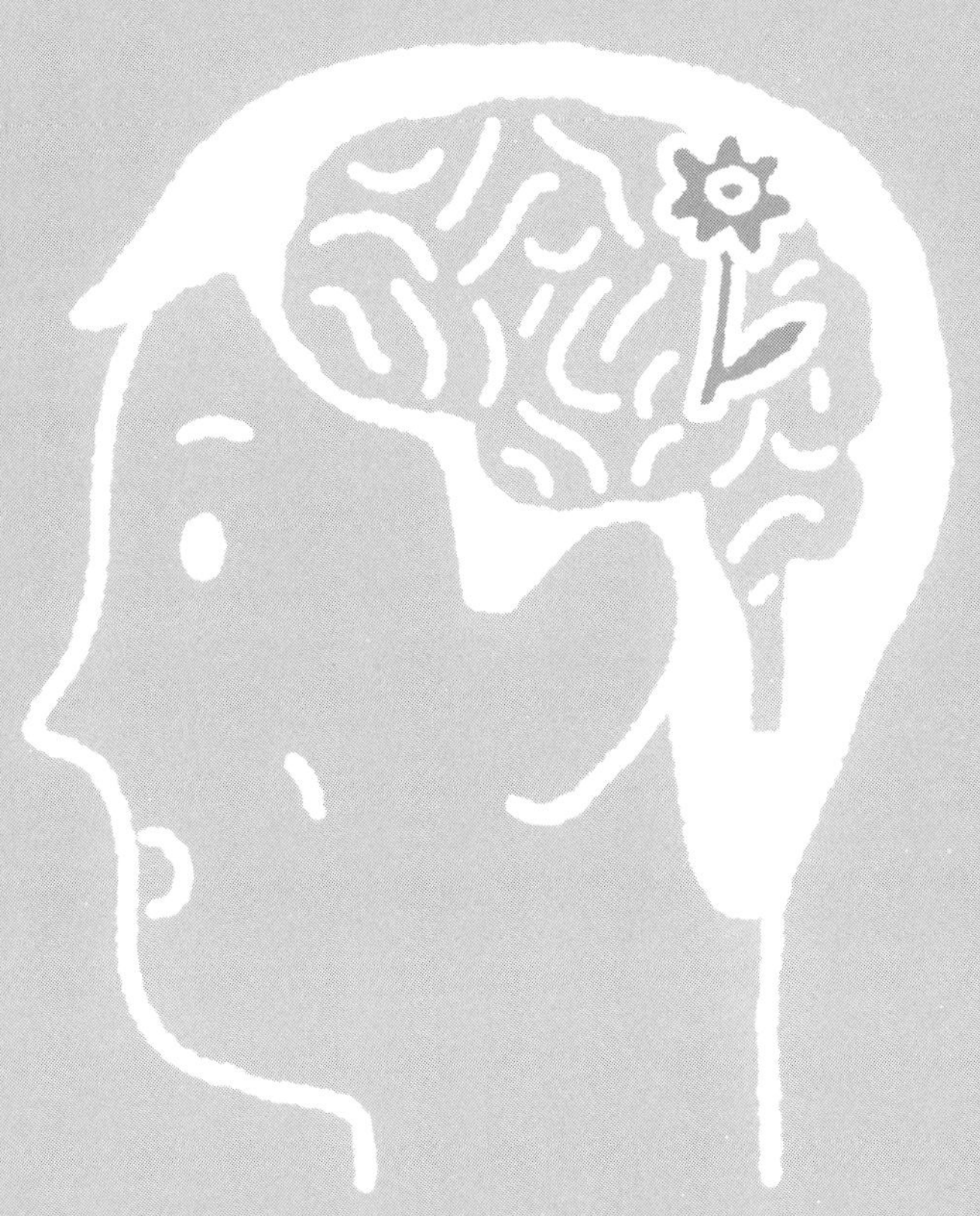

2022／3～5

驚愕と戦慄　ウクライナ侵攻、許されぬ暴挙

　刻一刻と情勢が変わるので、締め切りである火曜日に、日曜日に掲載されるコラムを書くことには迷いも多い。今、世界中が固唾(かたず)をのんで成り行きを見守っているロシア軍によるウクライナへの侵攻の問題は、国際政治や軍事の素人が何かを語れるものではないだろう。政治学者やアナリストたちですら、錯綜(さくそう)する情報の、何が正しく、何がフェイク情報であるかを正確に理解しているとは思えない。テレビのワイドショーなどで、したり顔で解説のようなことを行っている専門家（？）の言っていることを、うのみにできるものではない。

　私たちの目や耳に触れるウクライナ関連の情報は、アメリカや西側諸国の機関を経由して入ってくるものがほとんどではないだろうか。まるで嘘の情報というわけではないものでも、ある種のフィルターでふるいにかけられ、恣意(しい)的に取捨選択されたものが私たちの元に届いているような気がしてならない。

　とはいっても、ロシアの武力による現状変更を試みる暴挙は明らかに過ちであり、決して許されるものではない。このような状況になれば、罪のない多くの市民、非戦闘員が犠牲になっ

てしまうということは小学生にも分かる事実だ。それを、強大な力を誇る超大国を長きにわたって率いてきた為政者が理解できないことに驚愕と戦慄を覚える。

「そろそろ引退するにあたって、老後のためにこっそり金でも買っておいて、ウクライナに侵攻を仕掛け、世上を不安定にさせて金価格をつり上げ、売り抜けてから沈静化させよう、などとプーチン大統領は思っているのではないか」とは居酒屋かいわいの軽口だが。安倍晋三首相（当時）が「ウラジーミル。君と僕は同じ未来を見ている。ゴールまで、２人の力で駆けて駆けて駆け抜けよう」などとなれなれしく話し掛けていた頃とはまるで別の人格になってしまったのか。いや、そもそも、その時の安倍氏は北方領土の返還も要求せずに経済協力に3000億円も投入する大盤振る舞いをしただけだったので、現在の増長はその延長線上にあるのかもしれない。

オオキナコエデハ
イエナイガー!!!

最近のプーチン氏の様子を報道写真で見ると、たとえばトップアドバイザーらとのミーティングでは、長大なテーブルの端のいわゆる「お誕生日席」に彼１人が座り、そこから目分量だが６、７メートルほど離れた反対側の端の近くにアドバイザーらが固まって座っている。フランスのマクロン大統領との会談でも、まるでリムジンカーの長さほどの長い楕円形のテーブルの両端に離れて座っていて、異様な光景だ。

感染予防のために距離を空けているのだとすれば、アドバイザーらが固まっているのが腑に落ちない。権威付けとして「おいそれと近づけない存在だぞ」という演出なのだろうか。

ブラジルのボルソナロ大統領や、侵攻に加担しているとされるベラルーシのルカシェンコ大統領との会談では至近距離に椅子を並べて座っている。これほど分かりやすく、ロシアを批判する国に恥をかかせることに、どんな意味があるのだろう。

プーチン氏自身が人一倍感染を恐れる健康状態にあるという説もある。最近、頬が赤く膨らんでいると感じる人もいるらしく、ステロイドといった薬の服用を懸念する向きもあるようだ。あるいは、近隣の国も含めて周囲の人間が信用できなくなっているのではないだろうかとも思えてしまう。一部には、極端に暗殺を恐れているという説がある。長年にわたって独裁を続けるということは、相応の大きなストレスを背負い込むのだろうから想像に難くない。独裁を堅持するためにさまざまな「無理」をしてきた片鱗（へんりん）は数多くある。アメリカ上院情報特別委員のマルコ・ルビオ上院議員やライス元国務長官の、「プーチン氏はおかしくなっている」という心理的問題を指摘する声まである。彼がもし錯乱してしまったら、と想像するだけでも身の毛がよだつ。アメリカに都合の良いフェイク情報であってほしいものだ。

2022年3月1日執筆

飲食店のセレモニー、不思議な質問に戸惑う

いわゆる「そば前」が好きだ。そばを手繰る前に、つまみを2品、3品お願いして、日本酒を少々いただいてから、そばを注文するのだ。休みの日はそんなことを昼間にやらかしてしまうのがどうにもうれしい。

しゃれた感じのそば店を見つけて、口上書きの中から酒肴(しゅこう)に適したものをお願いして、それと冷酒を、と注文したら「まんぼう（まん延防止等重点措置）で、お酒の提供はしてないんです」と言われた。どこかに張り紙でもしてくれていたらいいのになあ、などと思いつつ、アルコールは諦めて、おつまみをキャンセルし、季節物なのだろう「丹波赤鶏と芹(せり)のつけそば」なるものを見つけて注文してみた。

「芹が入っていますけど、大丈夫ですか？」と、不思議な質問をされた。これを頼んだ客にはそう伝えるように言われているのだろうか。自分の口で注文しているのに、芹は大丈夫かと聞かれることに違和感を覚えた。

そういえば、大阪のうどんすきの老舗で「うずらそば」を注文する時も「うずらが入ってて

もよろしいですか？」と聞かれる。以前に「うずらの卵が入ってるやないか！」などというもめ事でもあったのだろうか。これは、カツカレーを注文したのに「カツが乗ってますが大丈夫ですか？」と言われるようなことではないか。なかなか不思議な風習だ。

立ち食い風のそば屋の店頭にある券売機で食券を買って店に入ると、途端に奥の厨房(ちゅうぼう)から「そば、うどん？」と聞かれる。一瞬でも早く鍋に麺を入れたいのだろう。しかし、私が丼物の食券を持っている可能性があるのではないか？　と思ったが、今どきは店頭の券売機と厨房は、食券の情報が共有されているのかもしれない。客も早く食べてしまいたいからそういった店舗に入るのだろうし、回転数を増やしたい店側とも利害が一致するのでいいことなのかもしれないが、やにわに店の奥から問われると麺を食う前に面食らってしまう。

ある駅のホームには、立ち食いのきしめん店がある。味が大好きで、その駅を利用する時はよほど急いでいない時以外は必ず訪れる。ほとんどの場合、店の人たちは忙しく作業をしていて、客に対する愛想はほとんどないけれど、客もそれを求めていない。上りホームでいただくことが多いのだが、たまたま暇な時間帯だったようで、きしめんを手繰っているとカウンターの中から下りホームの店のスタッフに対する批判が始まって、ついつい食べるスピードを落と

して聴き入ったことがある。

東京・世田谷のとんかつ店に入ると、運良く一席だけ空いていた。満席の割に静かな店内だ。カウンターの中にいるご主人とおぼしき男性に「ヒレカツをお願いし……」と言いかけると、大声で「順番に聞くので！」と注意されてしまった。するとその瞬間、私の後ろに立っていたアルバイト風の若者が「ご注文は」と聞いてきた。誰も注文は聞かれていないので、注文していなかったのは私だけだったようだ。ご主人に直接注文したことがいけなかったのだろうか。「ヒレカツを」と言うと、「ヒレカツ一つです！」と若者が叫び、カウンター内のご主人が「あいよ！」と爽快な返事をした。何だろう、このセレモニーは。

セレモニーといえば、入店時の検温の儀式は、合理的な意味が存在するのだろうか。非接触式検温器を使う店が多いが、べったりと額や脈どころに接触させる店員もいる。冷え込んでいると体温が34度や35度になることも多いが、これもセレモニー化しているのではないか。断られている人をまず見たことがない。

「飲食時以外はマスクの着用を」と掲げられているけれど、店内にいる人の多くはマスクを外しているし、食事中の追加注文などで、わざわざマスクをつける人はあまり見ない。入退店時だけのマスクも、ただのセレモニーになっていないだろうか。

2022年3月8日執筆

レシート、「必要な人はボタン押す」ではだめか

行きつけのバーの店主が、私が落語好きだと知ると、1929（昭和4）年に刊行された分厚い落語の本を棚から取り出して見せてくれた。奥付を見ると「非売品」とある。当時、その筋の専門家や研究家の間で出回ったものなのだろうか、大変な貴重品にも思える。古書店の店頭のワゴンで見つけたのだそうだが「300円」の値札が貼られたままになっている。古書を扱うチェーン店では、この手のものは買い取ってもらえないはずだから、個人店での購入だろう。本屋としては在庫を整理したかったのかもしれないが、東京・神田あたりの専門店に行けば、桁が違う値がつけられているのではないかと思えた。

私の著作も電子書籍になっているものがあるが、個人的な習慣としては、紙の本を読まないと「読書をした」という気分になりにくい。やはり、ページをめくる手の感触と物語の続きがどうなるのかという期待が連動しているような気もするし、この先、どれくらいの分量が残っているのかという感覚も大切な気もする。登場人物のリストが巻頭にあるときも、しおりを挟んでおけばすぐに確認ができるが、電子書籍でリストや相関図があるページに戻るのはひと苦

労だ。

余談だが、ベテラン俳優がタブレット端末で読書中、ページをめくるときに指をなめているのを見て大笑いしたことがある。クイズ番組で隣の年配の解答者が、タッチペンの先をなめているのを見たこともある。読み書きというものは、やはり肉体的、生理的に染みついたものなのかもしれない。

病院関係では、ペーパーレス化は難しいのだろうか。処方箋や薬の説明、診察や検査の予約票など、高齢でデジタルになじまない患者や家族も多いだろうし、データを読み取る設備や端末を探す手間よりも、目で見て分かる資料があった方がいい場合も多いだろう。

昨今は飛行機のチケットも様変わりして、横長で厚紙の搭乗券を受け取ることがなくなった。Ａ４判の紙にＱＲコードが印刷されているものを機械の四角い目のようなところにかざすと、搭乗チェックインカウンターを省略して保安検査場に入ることができる。ただ、そのときレシートのような紙がペロリと機械から出てきて係員に「お持ちください」と渡されるか「お取りください」と指示される。

そして飛行機に乗る直前、搭乗ゲートでまたＱＲコードをかざすように言われて対応すると、また座席の記された紙が出てくる。白だったり、黄色だったり、ピンクだったりの紙

形状記憶髭の固執
または、サルバドール・ダリ

1994年　和紙

は、ほとんどの場合、二度と係員に提示することも回収されることもなく、ポケットやバッグなどに残り続ける。ペーパーレス化が提唱されて久しいが、ここだけは逆行しているようにも感じる。どこを通過した、搭乗ゲートを通ったという単純な情報は、QRコードに付随させることなど大して難しくもないと思うのだが、いろんな紙を持たさざるを得ない必要性があるのだろうか。まさか、そのロール紙を納入するのが国土交通省の天下り先、などということでもないだろうし。

コンビニエンスストアでは、レジカウンターの上に、不要なレシートを捨てる籠が置かれているのをよく見かける。バナナ1本を買う（よくやる）と、こちらに確認もせずに手早くその籠にレシートを放り込む店員さんもいる。今どきのコンビニエンスストアは、レジに金額確認や20歳以上かどうかを確認する画面があるのだから、必要な人だけが発行ボタンを押してレシートなり領収書なりを受け取るようにすればいいと思うのだが、それはまた手間なのだろうか。

そんなことを言いつつも、私は折り紙で人面を作る作家でもあり、世界に誇る和紙の文化はどうか廃れないでほしいとも強く願っている。

2022年3月15日執筆

「まん防」措置解除、「客観的事実の観察と検証」は？

希望的には、収まったと思いたい新型コロナウイルスの第６波だが、本当にそうなのだろうか。

政府は、抗原検査とワクチン接種を進めるだけで、まん延防止等重点措置を全面解除し、感染防止策の緩和に向かっているようだ。

私の周囲では、感染している、陽性になったという人が増えているような感触があるのだが、新規感染者数は増えているわけではなさそうだ。政府は、なんとか行楽シーズンまでに収まったと解釈をして、観光支援事業「Ｇｏ Ｔｏ トラベル」を再開してほしいというある方面からのプレッシャーに配慮するのだろうか。

まん延防止措置を続けろなどと言いたいわけではない。元々、この程度のやっているふりの「対策」なら、妙な要請はやめて、それぞれ気を付けてくださいと念押しをしたほうが害が少ないような気もする。飲食店やそれに関連した業者をいじめるばかりの無為無策では、デメリットの方が多い気がする。

感染防止策と言われているもののほとんどが、新型コロナの感染者を減少させる効果が乏しいと思う。エビデンス（根拠）を重視する欧米が規制解除に向かっているのは当然のことなのかもしれない。

しつこく言わせていただくが、日本の大都市での感染拡大の大きな原因は飲食店ではなく、通勤通学の満員電車だろう。まん延防止措置の解除で、またもやラッシュアワーの過密はある限界を超えているようだ。しかし、乗客たちは何時間も同じ車内にいるわけではなく、別の交通機関を利用したり、それぞれの目的地に散っていったりするので検証がしにくく、満員電車を本気で解消しようということになっていないのが痛々しい。

危機対応だったはずのまん延防止措置を、現政権は博打を打つように解除に踏み切った。科学技術立国を標榜する日本なのに「科学的考察」「客観的事実の観察と検証」などは、もはやどうでもいいことになってしまっているのではないか。これほど同じようなことを丸2年も繰り返しておいて、当初からの措置についての検証は行われないままに、またもや繰り返す悲喜劇を演じようとしているのが目に見えている。

立場によっては、全面解除を歓迎する人も多いだろうが、国民の困難が解除されるわけではない。次の波に備えてやるべきことはたくさんあるし、救済についての方策はなきに等しい。

当面は、「平時」への移行期間。

また、幼稚園児や保育園児に対し、可能な範囲でのマスク着用を推奨し続けるのだろうか。子供たちの窮屈、不自由さを優先してマスクを取り去ることも考えてほしい。

検査体制の充実も考えてほしい。政府は、なるべく検査のハードルを上げて、分母を少なくして収束に向かっている感じを演出しているのかと勘繰りたくなる。街中の無料検査場も「心配な要素」を持っている人たちが密になっているのだから、行きたくなくなるのは当然だろう。

国を預かる人々は、国民に科学的検証の結果を知らせる義務がある。ここでそれを怠れば、また新たな波が来て同じことの繰り返しになるのは目に見えている。岸田文雄首相は「まん延防止措置の解除後、平時への移行期間も感染防止策を徹底するようにお願いする」と言うが、アクリル板とマスクだらけの日本はどこまで行けば「平時」なのか。

大阪の無為無策も深刻だ。「うがい薬」で混乱を招いた府知事や、雨がっぱで騒動を起こした市長がなぜか地元のテレビ番組ではタレントばりに出演しまくり、取り巻きのような芸人たちに持ち上げられ続けている異様さは、権力者もメディアもここまでおかしくなれるのかとあきれるばかりだ。「視聴率が上がるから出す」というのは「気分がハイになるから」と薬物依存になることと変わらないのではないか。

権力を持つものは、メディアも含めて、科学的根拠、客観的事実を可視化すべきだ。

２０２２年3月22日執筆

飲み放題グラス交換制、待ち時間が長すぎる

「ノミホ」をご存じだろうか。飲食店での「飲み放題」のシステムを略してこう呼ぶらしい。ということは、食べ放題は「タベホ」になるのか。この場合は「クイホ」のほうが発音しやすいかもしれない。

若い時には、たこ焼きの食べ放題で78個、盛岡のわんこそばで90杯という凡庸な記録で自己満足したこともあったが、いい年になってからは食べ放題、飲み放題の店には進んで行ったことがない。年齢を重ねることによって質より量から量より質を重視するようになるのかもしれない。単に食べられなくなるだけなのだが。

コロナ禍前、舞台の打ち上げなどでは自分が幹事を務めるわけではなく、そのグループの仕切り役の独断で、その手の店に決められてしまっていることがほとんどなので、あらがわずについて行った。

チェーン展開している居酒屋などでは、この「定額での飲み放題」のシステムが導入されていることが多い。小劇場で活動している若者たちには、大きな味方になってくれる仕組みだ。

私が違和感を覚えるのは「時間制限」と、せせこましい「グラス交換制」問題だ。飲み放題のオプションをお願いすると「2時間のグラス交換制となっております」という無機的な説明がある。頭割りの会費になることがほとんどだから、「じゃあ、私は飲み放題ではなく個別に注文するよ」というわがままは言い出しにくい。その制度に承諾をすると、一斉に注文の儀式になる。

ところが、ひとグループの担当スタッフは1、2人であることが多い。たくさんの料理を持って来たり、空いた皿などを片付けたりの作業をこなしながらの、五月雨式に注文が飛ぶ飲み物の提供には、当然のように「渋滞」が起きる。そもそも1杯目などは全員の分の飲み物の注文を受けて「生ビール12、レモンサワー5、ハイボール4、ウーロンハイ3、ウーロン茶2でよろしかったでしょうかあ」などと叫んで注ぎに行くので、出てくるまでに5、6分もかかることはざらである。他の部屋の注文と重なってしまえば、さらに待ち時間は長くなる。

「あれ、ビール余っているよ」「ウーロン茶足りない」「それは？」「これウーロンハイ」「カシスオレンジは？」「それ通ってないんじゃない？」「皆さんそろいましたか⁉ 乾杯！」などという展開は当たり前、時間制限があるのに、飲み物がそろうのは席に着いてから既に15分ほど過ぎている。

生ビールなどはすぐに飲み干してしまう人がいる、レモンサワーなどは飲みやすく氷が多いのであっという間におかわりということになる。3分の1ほど残っていても、次の飲み物が来ればすぐに飲み干せる状態なのだが、注文をしようとすると「グラス交換制ですので」と断られてしまう。空になったグラスを引き揚げてから飲み物を作りに行く、注ぎに行くでは、その間の時間は「取り上げられた」ことになる。「飲み放題2時間制」と言いつつ、実質1時間半ほどしか楽しめないことも多いのではないか。

まだグラスに飲み物が残っているのに次の注文をして、複数のグラスをキープされることを防ぎたいという意図なのだろうとは思うが、頼もうと思っても従業員はなかなか来ない、グラスは下げられてしまうので飲むものはない、そしておかわりの飲み物はなかなか出てこない……。これでは、グラス交換制とは言えないのではないか。交換するのであれば、空いたグラスと新しい飲み物が入ったグラスを、文字通り同時に取り換えるべきだろう。

まだグラスに飲み物が残っているタイミングで注文を通して交換しないと、2時間制という条件自体が崩れている。待っている間は飲めないのだから、客はどんどん時間を失ってしまうことになる。注文してから飲み物が届くまでの時間を減算するタイマーを置くか（それは不可能だが）「グラス交換制」ではなく「注文時グラス回収制」と呼称を変えるべきだ。

いや、力説するほどの話ではないけれども。

2022年3月29日執筆

火事場泥棒的発言 日本の国益にかなわない

「体力が万全でないという苦痛の中、大切な政治判断を誤ること、結果を出せないことがあってはなりません」と述べて、２０２０年9月に首相を再度辞任した安倍晋三氏が、アメリカの核兵器を日本にも配備して共有すべきだと言い出したのを見ると、本当に辞任してくれていて良かったという感慨しかない。

こんな論外なことを言い出したのは、ロシアのウクライナ侵攻という災難に便乗したものであり、ある意味では火事場泥棒的な卑劣な言説である。戦争に突き進んで広島、長崎が核兵器によって壊滅的な被害をもたらされ、今なお心を痛め苦しむ人がいる世界で唯一の国で、こんなに愚劣なことを言い出す人物が首相を2度もやったということの恐ろしさに驚愕する。

2月にテレビ出演した時は「相手の軍事的中枢を狙う反撃力が必要」という内容のことをしゃべっていたが、先日の山口県での講演に至っては「基地に限定する必要はない。向こうの中枢を攻撃することも含むべきだ」と言い出した。これが通るならば、仮に敵対する国が現れた場合、その国も「日本の基地以外の攻撃をしていい」ことになってしまう。日本の中枢とは、国会なのか、首相官邸なのか。もちろん、皇居も含まれてしまうかもしれないし、市民を大きく巻き込むことも考えられるだろう。

ロシアは「防衛」という詭弁（きべん）によって、キーウ（キエフ）、つまり中枢を攻撃した。劇場など軍事とは何の関係もない施設をそれも、「子供たち」と地面に大きく書いてある場所まで攻撃し「武力を隠していた」「ウクライナの自作自演だ」とうそぶいたが、安倍氏の言う「敵の基地に限定しない中枢」は、民間施設も含むと捉えることができる。そうだとしたらロシアのやっていることに、現職の衆院議員として、お墨付きを与えてしまっていることになる。

У Синдзо
такая же
мечта?

憲法順守の義務がある国会議員として、これは進退問題どころではなく、永久に国政の場にいてもらっては困る言動だろう。この発言は、よしんば改憲することを訴えている政治家であろうが、国会議員らは憲法を尊重し擁護する義務を負うことを定めた憲法99条に違反していることになる。こんな好き勝手な放言を、批判もせずに伝えるニュースは、いったいどうしてしまったのだろうか。

安倍氏の物言いは、日本の国益にかなわない。というよりも、十二分に不利益を招いているとしか思えない。国内の民主主義を、長年にわたってこれでもかと破壊してきたように見える安倍氏だが、国自体を破壊したいのだろうか。やはりウラジーミルと同じ未来を見ていたということなのか。

北方領土について語らず、次から次へと耳を覆いたくなることを発言する。この安倍氏の発言に関して、記者から問われた松野博一官房長官は「政治家の発言の一つ一つについてコメントは差し控える」と逃げた。コメントを控えるとは、否定すると障りがあるからだろうか。政府に少なからず影響力がある元首相の発言でも「うちは関係ないし」でいいのだろうか。「政府にそういう考えはありません」と言うのもはばかられる空気なのか。岸田文雄首相は「憲法の範囲内で」と言ってはいるが、そうであるならば安倍氏の発言は問題外の妄言ではないか。

安倍氏は、自分の疑惑が追及された時には「無いものを証明するのは悪魔の証明」と言い張っていたが、それは「大量破壊兵器が無いことを証明しなかった」と米国によるイラク攻撃を肯定するに至ったことと同質ではないか。

また、安倍氏は27回もプーチン氏に会ったことを疑問視されると「何度も会談するのは当然で、非難の意図が分からない」と言った。つまり、それだけ誰よりも回数多く会ってもらって、３０００億円の経済協力と、嘉納治五郎の書を貢いだのに、結果的に何の成果もあげられず現状に至ったという、自らの成果の無さを認めていて、かえって痛烈である。

２０２２年４月５日執筆

ちまたで気になる言葉「ギブス」「ふぃんき」…

最近、ちまたで気になる言葉を羅列してみる。かつての拙文と重複があったらご容赦願いたい。名前なら「ウラジミール」だ。ロシア人の発音に正確を期すならば「ウラジーミル」だと言う人もいる。「ウラージ」は制覇する、「ミール」は世界を意味するので、この名前を直訳の発想でみれば「世界征服」という意味にも取れる。ロシアのウラジーミルによって始められた侵攻は激烈化し、ウクライナもロシアも大きなものを失いつつある。仕掛けられた側のウクライナの大統領のファーストネームも現地では「ウォロディミル」で、同じ意味の名前というのは皮肉な感じもする。それほど男性の名前としては一般的で、日本人の名前ならば「勝（まさる）」「勝利（かつとし）」「紘一（こういち）」というような感じだろうか。

料理番組を見ていると、ケイパーのことを「ケッパー」と呼ぶ司会者や講師が多い。サーモンマリネなどにぱらりと振り掛ける、丸い粒々だ。つづりは「ｃａｐｅｒ」なので、ケッパーと発音するのは無理があるような気もするが、料理の専門家がそう言うのだから、どちらが正しいのか分からなくなる。形がペッパーに似ているから勘違いからそう呼ぶようになったのか

ウォロディミル。

と思っていたら、学名は「Cappar·is」というつづりなので、促音になっても正解なのだろう。豆板醤も「トウバンジャン」と呼ぶ先生と「ドウバンジャン」と呼ぶ先生に分かれる。これは中国語の発音に近づけると濁音になる。

アボカドを「アボガド」と濁点だらけで言うのは、世の中の過半数がそうではないかという印象だ。イタリアの化学者から名付けられたアボガドロ定数という言葉の影響もあるのだろうか。一般生活でこの用語が耳になじむとは思えない。スナップエンドウとスナックエンドウはどちらが正しいのか。農林水産省が統一させた呼称は「スナップエンドウ」で、「スナックエンドウ」は日本の種苗会社がつけた商品名だそうだ。ちなみに、野菜としては同じものだ。

骨折した時の患部を固める物はギプスだけれども「ギブス」と言う人は多い。これは単に発音のしやすさでそうなりがちなのだろう。グロッギーを「グロッキー」と言ってしまうのに似ている。

地名では、東京の白金を「しろがね」、茨城や大阪府の茨木を「いばらぎ」と言う人が多い。それぞれ「しろかね」「いばらき」が正解のようだが、地元ですら正確に発音しない人は多い。「シロガネーゼ」という造語が拍車をかけたのか。確かに「シロカネーゼ」では様にならず「白かあねえぜ」と言っているようだ。

井の頭線は「いのかしらせん」だが、「いのがしらせん」と言う人が多数派だ。「猪頭線」であるなら「いのがしら」でいいのだろうけれど、小田急線車内のアナウンスは、ターミナルになっている下北沢駅に差し掛かると「いのがしらせんはお乗り換え」と言っている。それでもいいのかしら。

飯倉は「いいぐら」で、米倉が「こめぐら」であることと同じだろうか。しかし、米倉斉加年（まさかね）さん、米倉涼子さんは「よねくら」と濁らないが。私の見た東京の飯倉や飯倉片町の交差点には、標識に「Ｉｉｇｕｒａ」「Ｉｉｇｕｒａｋａｔａｍａｃｈｉ」とローマ字で記されていた。これで確認できた、と思っていたら、首都高速道路の飯倉の下り口には「Ｉｉｋｕｒａ」と書かれているではないか。

若い世代に、雰囲気のことを「ふいんき」と言う人が多く、字で書いたことがないのだろうかと考えたが、私たちの世代でも「女王」を「じょうおう」、体育を「たいく」などと発音していることに気がつく。いやいや、それは省略や言いやすさの問題で、文字は入れ替えないだろうと思ったが、山茶花を「さざんか」と言っているのはずいぶん昔に置換されて定着したとしか思えない。「不しだら」の「しだら」は規則正しく正確な秩序を持つ様子を表す言葉だが、無秩序な様子を「だらしない」と置き換えが起きているのは、今に始まったことではないのだろう、諸説はあれど。そして、ウラジーミル、秩序を乱さないでくれ。

２０２２年４月12日執筆

吉野家元役員の暴言　現場に泥を塗りまくる意識

牛丼チェーン大手の吉野家の企画本部長を務める常務取締役（当時。この件で解任された）が、早稲田大での社会人向け講座に講師として招かれ「生娘（きむすめ）をシャブ漬け戦略」と表現した。「田舎から出てきた右も左も分からない若い女の子を生娘のうちに牛丼中毒にする。男に高い飯をおごってもらえるようになれば絶対に食べない」などと発言したらしい。それも「不適切な言い回しで不愉快な思いをされた方がいたら申し訳ないが」と前置きまでしていたという。

客にも、全国で働く現場の皆さんに対しても、ＣＭキャラクターとして起用しているタレントの顔にも、泥を塗りまくるような意識と発言だ。

教室では笑いが起きていたそうで、本人としては「うまいことを言ってやった」という自己顕示欲が勝っていたのではないかと想像する。この場に同席していた教授や講師たちは、いさめるようなことはなかったという。よく政治家が、支援者の集まる講演会などで失言や暴言を放つが、似たような構造だろう。

テレビでも吉野家の元常務の発言が報じられたが「生娘をシャブ漬け戦略」の部分は、聞こえがマイルドになる語句に言い換えられていた。柔らかい表現にしたところで問題は変わらない。

自分たちの売っている商品を覚醒剤に例える下品な感覚で、よく責任あるポジションに就けたものだ。経歴を見ると、外資系企業のブランド再生やマーケティング責任者を務めてきたとあるが、よほどの偶然が重ならないと、これらの立場をキープすることは危うかっただろうと想像する。今回の暴言が、当然の結果なのだとすれば、周囲も彼の言動を是認していたということになりはしないか。

もしかすると、この「生娘をシャブ漬け戦略」という表現が、社内の会議では受けに受けたのではないだろうか。その成功体験と顕示欲が、自信満々で何度も発することに至らせたのではないか。吉野家にとっては事故のようなことなのかもしれない。しかし、こういう人物を重用し続けたということについては、大きな疑問が残る。

数年前、吉野家ホールディングス傘下の「はなまるうどん」で、「女子ぶっかけ」「男子おいなりさんセット」「かまたま」という、何を意図しているのか分からないキャンペーンを張って疑問が寄せられ、期間途中で表現を改定していたことも思い出す。同社グループは、大きな意識改革が必要なのかもしれない。

バイトの、
ニコルです！

今しがた、東京・下北沢に最近開店した「吉野家」に入って「朝牛セット」を注文した。伝票には503円とあるのでちょうどを用意してレジに向かうと、452円と言われた。時間帯によっての割引があるようで、何だか分からないけれども支払いをして出て来た。吉野家の様子をわざわざ見に行ったわけではないけれど、雰囲気がどうなのかが気になっていた。いつもの通り道に店舗があるのを思い出して立ち寄ったのだが、現場は至って平穏で、従業員はいつもと変わらず明るく快活に動いていた。

現場で真面目に接客している従業員に対して、くだんの元常務はどういう意識を持っていたのだろう。皆が必死で積み上げてきたものを、下劣な表現でおとしめていたことに、講座の参加者の指摘があるまでまったく自覚がなかったのだろうか。

取材を受けたり、謝罪文を出したり、新メニューの発表イベントを中止したりと、吉野家はいろいろな対応をしているようだが、火消しだけではなく、これからどう再発を防止して、意識の転換とイメージの回復を図っていくのか、刮目（かつもく）して見守りたい。

2022年4月19日執筆

タレントキャスター、報道する側に危機感は？

学生の頃は、見たいテレビ番組があると、放送時間に合わせて万障繰り合わせて帰宅し、テレビの前に座り込んだものだった。例えば、刑事ドラマ「太陽にほえろ！」を見るために、金曜日の晩は8時までに帰宅して、裏番組の教師ドラマにチャンネルを変えられないように頑張っていた。「8時だョ！全員集合」と「欽ちゃんのドンとやってみよう！」が重なった時には大いに苦悶（くもん）したし、その後の「オレたちひょうきん族」と「全員集合」が重なった時にも再び葛藤したものだ。

ところが最近は、よほど気に入ったドラマ以外はテレビを視聴することが格段に減ってしまった。特に情報番組を見ていると、取り上げられる事象も、演出も、コメントも、何もかも「ちょっとおかしいのではないか」と思うことが極端に増えてしまった。ある政党の創立者で現在もその政党とすこぶる強いつながりを持っているのが明確な人物を、さも客観的な意見を述べるという扱いでコメンテーターに起用している様子は、テレビ全体の痛々しさを際立たせている。

隔世の感があります。

ニュース番組でキャスターを務めるタレントが、当たり前のように企業のＣＭに出演しているようなこともある。タレントをニュースキャスターに起用するのは、もちろん目先の視聴率ほしさだとは思うが、彼らが出演しているＣＭの企業に、もし不祥事が起きたならば、どういう対応が取られるのだろうか。そのニュースの部分だけは、キャスターを映さないようにするのか。ニュース自体を扱わないようにするのか。どちらにせよ、視聴者の利益につながるとは思えない。

報道風の味付けを施した情報番組、いわゆるワイドショーも、どういう題材を扱うか、どう報じ、どう批評するかは大きな問題だと思う。伝える事象の当事者に近い者が報道番組に出演したり関わっていたりするということがどう不健康なのかを分かっていないはずはないだろう。そんなことが起きないようにするために、かつてはＣＭ出演はしないという暗黙の了解があり、だからこそ、その制約の埋め合わせをするために十分な報酬を支払ってきたのではないだろうか。

それを考えると、今のキャスターたちの出演料や契約料は値崩れを起こしているのではないかとも邪推する。ある局で、週末の報道番組のキャスターを務める人が、別の放送局で帯番組のニュースの司会を務めていた事例もある。それほどこの国は人材が枯渇しているのだろうか。

放送局や飲食店でたまたまついているテレビを見ることはあるが、ただつけっぱなしにするようなかつての習慣は消えてしまった。インターネットなどによる「サブスクリプション」（定額制動画配信サービス）や、動画サイトなども台頭し、ただぼんやり視聴したり、何かをしながらついでにテレビを見たりするようなスタイルはじわりじわりと衰退しつつあるのではないか。もちろん、まだまだそういう形でテレビを楽しんでいる層もあるだろうけれど、それは必ずしもスポンサーが見てほしい層とは重ならなくなってきている。

20年前には想像しなかった視聴環境、チャンネルやメディアが、今では当たり前になった。一見、まだまだ安泰であるかのような地上波テレビの世界は、実は小回りが利かない。さらに細分化されるであろう視聴習慣の変貌に、いつの間にかついていけなくなり、「何か」に取って代わられる「その時」は、加速度を上げて迫って来ているのではないだろうか。

新型コロナウイルスのまん延や、ロシアのウクライナ侵攻など、世界中が情報を深刻に受け止め、正確さを求めている時に、何かのバイアスがかかった拙いコメントや論評を聞かせられることに疑問が湧かないはずはない。ことに、報道する側にそういった危機感がないことが一番の危機ではないだろうか。

2022年4月26日執筆

憲法改正 権力者の口車に乗ってはいけない

近年の世論調査で、憲法改正の是非について「改正の必要があると思う」という回答の割合が、じわり、じわりと増えてきているようだ。自民党も、「疑似」野党も、新型コロナウイルスの感染拡大やウクライナ情勢を利用して改憲のムードをあおろうとしているが、こんな火事場泥棒のような「ご都合」を認めてはならない。

国会議員や公務員は、憲法を順守する義務を負っているにもかかわらず、罰則がないのをいいことに軽視し、改変しようと声高に訴え続ける者が増えてきた。

日本国憲法は世界の最先端の平和憲法でもあり、権力者の暴走から国民を守る国の骨組みだ。閉塞（へいそく）感や紛争、疫病などを口実に国民の権利を削って戦争ができる国にしようという意図を持つ人たちが改変、改悪しようとわいてきているが、絶対に口車に乗ってはいけない。大変に恐ろしい後悔をすることになる。

そもそも、権力者の暴走から国民を守る憲法を、その権力を持つ側が変えたがっていることに強い違和感を覚える。これは、罪を犯す可能性の高い者たちが「刑法を変えろ」と騒いでいることと同じではないか。

「時代に合わない」と言う人もいるが、どう「合わない」のか。「日本を取り巻く安全保障の環境の変化に対応するため」であれば、防衛に関する法律の整備をすればいい。「戦争をしない」と明記してあること以上に、日本を守る方法はない。日本の安全を脅かそうという国があったとして、日本が戦闘も辞さないという突破口を開いてしまえば、その国が攻撃を仕掛けてくる口実をも与えることにつながるではないか。もう既に、解釈をいじって海外での武力行使のボーダーラインが曖昧になってきているのに、ここで憲法までが武力行使にお墨付きを与えてしまったら、それこそ歯止めが利かなくなる。

「環境問題が盛り込まれていない」と言う人もいる。しかし、環境問題で憲法をいじる必要があるとは思えない。商法、民法、刑法などの整備でいいのではないか。

「『外国も改憲している』から、日本も」という意見もある。どう変えるか、何を変えるかが大切であり、諸外国の改憲も、根幹に関わることを変える例は少ないのではないか。

私は、改憲に絶対反対という立場ではない。「改正」というならば「正しく改める」のだから異論はない。しかし、憲法を軽んじ、順守もしない現政権が、国民の権利を保障してくれている憲法をいじろうとしていることに、猛烈に反対する。国民のための憲法を、国民の中から

ナチスの手口に
学んではどうか。

「こう変えよう」と世論がわき上がるのであれば仕方がないが、自民党の議員の中には「基本的人権の項目を削除せよ」とはっきり訴える者までいる。

最も危険な動きは、新型コロナの騒ぎが始まった時にも与党議員の発言や投稿に散見された「緊急事態条項」の追加だ。「緊急事態になったら政権に強い権限を与えるのはしょうがないよね」という安易な感覚で賛成などしてしまってはならない。憲法のあらゆる条項の効力を停止させて、国会の承認も得ずに内閣だけで好き勝手ができるようになる、めちゃくちゃなものだ。

しかもそれは、首相の独断で何度でも延長することができるようになる。民主的だと言われたワイマール憲法のもと、アドルフ・ヒトラーが独裁を続けることができたのは、同質の「授権法（全権委任法）」を利用した結果だ。強制的に、国民を戦場へ向かわせることも、私財を没収することも、戦争を批判する者を投獄することも全て可能になる。ＳＦ映画のディストピア（反理想郷）のように感じるかもしれないが、安易に賛成すると、その地獄はあっという間に私たちを取り巻いてしまう。

２０２２年５月３日執筆

ナポレオンズ・小石さん マジック？ 巨匠との邂逅

２０２１年10月、マジシャンコンビ「ナポレオンズ」のパルト小石（本名、小石至誠）さんが亡くなった。ナポレオンズは、ボナ植木さんと小石さんの2人組で、軽妙洒脱なトークとユーモラスな演出でひきつける世界的にも有名なマジシャンだ。顔が見える窓の開いた円筒をかぶり、頭部が何回転もするオリジナルの奇術でも有名で、人気長寿番組「笑点」（日本テレビ系）の演芸コーナーでは最多出演を誇っていた。

個人的に、小石さんとは三十数年来の友人で、大先輩であるにもかかわらず常に対等に接してくださり、マジックや演芸界のことをいろいろと教えていただいた。私が司会を担当していたＴＢＳの「平成名物ＴＶ・ヨタロー」では、名物コーナーにレギュラー出演して貴重な奇術を多数披露してくださった。

20年ほど前、閉店してしまうという東京・三軒茶屋のバーを惜しんで、共同で引き継いで運営してくれる人を募ったら、小石さんや春風亭昇太さん、広告業界の友人たちがすぐに集まり、さまざまな交流の場を持つことができた。小石さんは、年嵩であるにもかかわらず達者なムー

あったまぐるぐる！

ドメーカーで、仲間や常連客に惜しみなくマジックを披露してくれ、いろいろな手品のタネを教えてくださったり、秘密の用具をくださったり、大変にお世話になった。

その後、ナポレオンズ結成25周年のリサイタルが5日間行われ、私も日替わりゲストの一人としてトークコーナーに招かれた。マジックのイベントなので舞台装置にも工夫が凝らされており、グラフィックデザインの巨匠、福田繁雄さんの、モナリザをモチーフにした作品を拡大したスクリーンが背後に設置されていた。近くで見ると小さな模様がたくさん集まっているのだが、ある程度離れると全体がレオナルド・ダビンチのモナリザ像に見えるアートだ。

私は学生の頃、大阪芸術大のデザイン学科でグラフィックデザインを専攻しており、夏休みを利用して東京に出かけ、アポイントもなしに東京・上北沢にある福田さんのご自宅を訪ねたことがある。トリックアートの巨匠だけあり、ドアを開けるとそこはただの壁で、右側の壁だと思っていたところが開いて、奥様が顔を出された。

「大阪芸大のデザイン科の学生で、福田先生を尊敬しており、もしご在宅でしたらひと目お目にかかりたいと思い、ぶしつけながら訪ねました。お忙しいのは承知ですが、福田先生はいらっしゃいますでしょうか」

当時の私はこれほど整理して話せてはいなかっただろうが、その旨を申し上げると、「あら残念、主人は講演で京

都へ出かけているんですよ」。

なんと関西と東京で行き違ってしまっていたのだ。しかし、奥様が大変に親切な方で「このままお帰りいただくのは心苦しいので、仕事場を見て行かれますか」と言ってくださった。天にも昇るような気持ちでご自宅に入れていただき、リビングや廊下、天井などにあるさまざまな作品群を「本物や」「本物やん」と興奮しながら見て歩き、仕事場を拝見して浮かれて兵庫・西宮に戻ったことを思い出す。

ナポレオンズの25周年リサイタルで、トークの時にその話をした。すると、客席からご老人が立ち上がり、ずんずんとステージに向かってくるではないか。よくお顔を拝見すれば、福田繁雄さんその人だった。作品をステージに配置した関係で見にお越しだったのだ。その日がたまたま私の出演する日だったのも何かのご縁かもしれない。熱く熱く握手を交わして感動的なひとときを過ごしたのだが、これもひょっとすると、小石さんのマジックだったのではないか、という気すらする。

哀悼。

2022年5月10日執筆

有名人の自死報道、目を覆いたくなる展開にため息

知人が２人、自らの意思を持ってなのか、立て続けに遠方へ旅立つ選択をしてしまった。

お一人は、俳優の渡辺裕之さんだ。昨年の誕生日にお祝いのメッセージをいただいて、何度かやりとりをしたのが最後だった。日々の鍛錬に余念のない、エネルギッシュな印象の方で、ぼうぜんとするばかりだった。

初めて会ったのは、30年も前になるだろうか。大沢在昌（ありまさ）さん原作の映画「眠らない街　新宿鮫」の銃砲店でのロケ撮影現場で、今は亡き大杉漣（れん）さん扮する店主が、犯罪マニアのエド（松尾）に商品の説明をする場面だった。出番がないはずの渡辺さんが、撮影スタッフがひしめく狭い店内で、居場所をキープするのに苦慮しながら撮影の様子を逐一凝視、観察しておられた時だった。

休憩中に「今日は？」と私が聞いたら、「この原作には強い思い入れがある。映像化するなら俺が出たかった。まだ諦め切れずに、撮影スケジュールを教えてもらって、ずっと見学しているんだ」と言っていた。こんな情熱の強さを持って俳優業をやっている人はなかなかいない

と感心したことを覚えている。
もうお一人は、私と同年代のコメディアンの上島竜兵さんだ。若い頃にバラエティー番組などで頻繁にご一緒したが、活動の場が重ならなくなって無沙汰をして久しい。

報道によっては随分と粗く、ずさんな取材や報じられ方をして、故人にもご家族にも周囲で悲しむ人にもファンにも、マスコミは不快な思いをさせたのではないだろうか。

明るく、その場のシチュエーションで絶妙な流れを作り上げ、リアルな演技の喜怒哀楽を武器に、緊張感と緩和の作業を一瞬で処理して大爆笑に導くという名人芸を、余すところなく、というよりも「もういいよ」と周りが感じるほどにサービス精神を惜しまなかった。ただただ人々が楽しんでくれるようにと、ある意味「滅私」で職人芸を見せ続けてくれた貴重な才能と、多くの人々に強く慕われた人柄を持ち去ってしまわれた。

相次いで「自らその選択をした」という人が現れたので、少し前にショッキングな死を遂げた俳優たちと抱き合わせて「芸能界の闇」のような陰謀論、都市伝説を広げようと躍起になっている人が多いようだが、ご本人にも周囲の人たちにも甚だ無礼極まりないことだ。ことに日本は、人生で抱えきれないものを持って誰にも相談する機会を持てずに最悪の結果を迎える人

が多いが、それを興味本位の邪推で関連づけておもちゃにするのはやめていただきたい。

当たり前のエチケットや思いやりの想像力を持ち合わせない低レベルのネットへの投稿だけならまだしも、大手メディアであるテレビ局が、自死報道について定めるガイドラインなどを「知ったことか」というように無視し、傍若無人の中継やリポートをする様子を見て目を疑った。テレビの報道はここまで地に落ちたのか。

自ら命を絶った可能性のある事件をニュースで扱うときは、関係者への配慮や、連鎖で２次被害を生まないよう、死因を詳細に報じないなど、最大限の自制が求められるが、一報が入った途端に当事者の自宅前から生中継で詮索するなど、あまりにも下劣な展開に目を覆いたくなる。

ワイドショーの司会者が「60代というと、悩みを抱える年ごろ？」という目的のよく分からない質問をコメンテーターに投げかけたところ、「そういうことではなくて、連鎖を食い止めたい。こういう報道を見た子供たちに『楽な選択』だと思わせちゃいけないんです」「ＷＨＯ（世界保健機関）でも、死因について言わないとか、場所の特定をしないとかガイドラインが決まっているんです」と、伝え方のレベルの低さをたしなめられていた。むなしいため息が出るばかりだ。

2022年5月17日執筆

誤入金報道は扱いすぎ　大問題見えなくする嫉妬心

山口県阿武町から誤って振り込まれた新型コロナウイルス対策の臨時特別給付金４６３０万円の一部を誤入金だと知りつつ別の口座に振り替えたとして、町内に住んでいた無職の住民（24歳）が逮捕された。電子計算機使用詐欺という容疑のようで、そういう罪が存在することを初めて知った。逮捕前から随分と長い間にわたって、テレビのワイドショーでは連日膨大な時間を割いてこの件を詳細に報じ続け、多くのコメンテーターのコメントが垂れ流され、この国のとんちんかんぶりが際立っていた。

誤入金にしては金額が大きいとか、担当者がいかにおっちょこちょいだとか、問題の住民がいかに「がめつい」かとか、いろいろと話す種があるのだとは思うが、これがどれほどの視聴者、多くの国民に有益なことなのかを考えると、あまりにもピントがズレ過ぎていないだろうか。もっと大切で、桁違いに大きな問題は山積みなのに、なぜこの話題がこれほどまで執拗に取り扱われるのだろうか。

新型コロナ対策で組まれた十数兆円の使い道がまともな説明もなされず判然としない中、そ

嫉妬の時代

岸田秀

の金額と比べて5桁も6桁も小さな誤入金の話題がそれこそ桁違いに長大に扱われることには大きな違和感を覚える。前首相の菅義偉氏が何に使ったのかを明らかにしない、できない官房機密費の数十億円も追及されないが、誤入金された市民の４６３０万円は偏執狂的に追及し続けるテレビはどこに向かっているのか。

もちろん、それは視聴率に向かっているのだろう。この誤入金の話題は、視聴率が取れてしまうのだ。なぜ多くの人の関心事になるのか。私が思うに、これはある種の嫉妬の感情なのだ。山本夏彦氏の「嫉妬は正義の仮面をかぶってやってくる」という名言があるが、嫉妬の感情を表に出すときに「正義のふり」はすこぶる使い勝手が良いのだ。「補助金目当てに阿武町の安い賃料の住宅に移り住んで、無職でぬれ手であわの４６３０万円をもらうなんて許せない」というせせこましい嫉妬心が、多くのメディアや視聴者の嫉妬心に火をつけて、比べものにならないほどの税金の誤った使い方から目をそらされるという状態に陥っている。

こういう事例が起きる度に思い出す名著がある。１９８７年に出版された、岸田秀氏の著した『嫉妬の時代』だ。引き合いに出されているのは戸塚ヨットスクールやロス疑惑、豊田商事、「積木くずし」など、執筆されたのは昭和末期の懐かしい出来事ばかりだけれど、それぞれの章で述べられていることは現在起きていることに全て当てはまる。
余談だが、岸田さんの名は立川談志さんや伊丹十三さんがよく口にしておられ、いつかお目にかかりたいと思っていたら、私が司会をした内田春菊さんの結婚披露宴で主賓あいさつで登壇し、開口一番「結婚というものは幻想であります！」とやって大爆笑をさらわれた。

2022年5月24日執筆

人もお店も坂道も… 鎌倉がどうにも楽しい

２年前に「アトリエ」として借り始めた東京・新宿７丁目のアパート（名前は「マンション」だったが）の一室から、神奈川県鎌倉市内の某所に移転した。前は、地下鉄の大江戸線、副都心線の二つが使える東新宿の駅から徒歩３分の好立地で、４畳半で家賃が３万５０００円という破格の物件だったし、風呂なし、トイレは共同というところが、ストイックに作業をするにはうってつけだ、と思った。しかし、そんなところにアトリエを構えると、創作活動よりも近隣（新宿３丁目、ゴールデン街、四谷荒木町、神楽坂など）での飲食活動にいそしんでしまった。その後、アトリエに戻ったとて快適な布団が待っているわけでもなく、ついつい中途半端な距離の世田谷区内の自宅に戻っていた。

結局、安いことに釣られて借りたはいいが、稼働率も低くなっていた。実際、快適ではない。小説「新宿鮫」に出てきそうなうらぶれ、殺伐とした雰囲気があり、どこかの部屋の住人がスチール製のドアを大きな音で開け閉めを繰り返して「何か」のアピールをしているような環境だった。「ここはもうそろそろ引き払おうか……」と思っている矢先に、気分転換で鎌倉を訪れたのだ。古風で緑の多い街を駆け抜ける風の爽やかさに心を奪われ「ここならば制作、創作の動機も維持し続けられるのではないか」と思うようになった。おまけに、市長の名前は松尾崇（たかし）さんだ。そうだ、鎌倉行こう。いや、もう来ていたが。

鶴岡八幡宮への参道と並行する、土産物店などが軒を連ねる小町通りの地下にある、昭和の薫りがする喫茶店を見つけてマンデリンコーヒーを飲みながら、年配のご主人に「近くに親切な不動産屋さんはありますか」と尋ねると快く教えてくださった。その不動産店の表に張ってあった物件案内を指さして「内見できますか」と言えばとんとん拍子で、即座にそこに決めた。部屋に入って5分以内に即決したのではなかったろうか。明るく、窓からの景色も悪くなく、鎌倉駅から徒歩5分、おまけに大家さんが素晴らしく親切という、至って爽快な環境なのだ。

ファミリーカーに画材やらイーゼルやらカンバスやら折り紙用の和紙やらをマネジャーと積んで、新宿と鎌倉を2往復することになった。もともと4畳半の荷物なのでそれくらいで十分だったのだ。

さて、作業がしやすいように片付けようと思うのだが、どうにも、街が楽しい。いわゆる個人店が多く、チェーン店が少ないことにも魅力を感じる。有名な作家が若い頃から交際してい

大仏は
見るものにして
尊ばず……
か。

た女優と通ったすし店、川端康成が愛したうなぎ屋、大正時代ぐらいに建てられた（とおぼしき）建物が生まれ変わって営まれているバー、有名なブルースの歌詞にもある店名を受け継ぐレストラン、全てが魅力的なのだ。

部屋の片付けはどんどんと後回しになり、外をうろついてばかりだ。これまでは、徒歩でぶらつくだけだったのだが、大変な物を手に入れてしまった。電動アシスト自転車という恐ろしい発明品を買ってしまったのだ。劇作家の後藤ひろひとが、大阪城公園あたりで自慢して見せてくれたことはあったのだが、その時は羨ましいとも欲しいとも思わなかった。そう、あの時、大阪で歩いた道は平たんだったのだ。鎌倉は起伏が多く、歩き回るのにも限界がある。

果たして、折り畳みの電動アシスト自転車を車に乗せ、鎌倉で組み立てて走り回ってみた。なんと気持ちの良い街なのか。上り坂でペダルに負荷が少しかかるだけで、まるで神様か守護霊のようなものが力を貸してくれるように車輪が回転する。後藤くんは、こんなにすごいものに乗っていたのか。

機会があれば行ってみようと思っていた大仏さんにはすぐさま会うことができた。逗子マリーナも、長谷寺も、新江ノ島水族館も、思い立った途端に行くことができる。

そして、アトリエの片付けからはさらに遠ざかっていくのだった。

2022年5月31日執筆

第3章

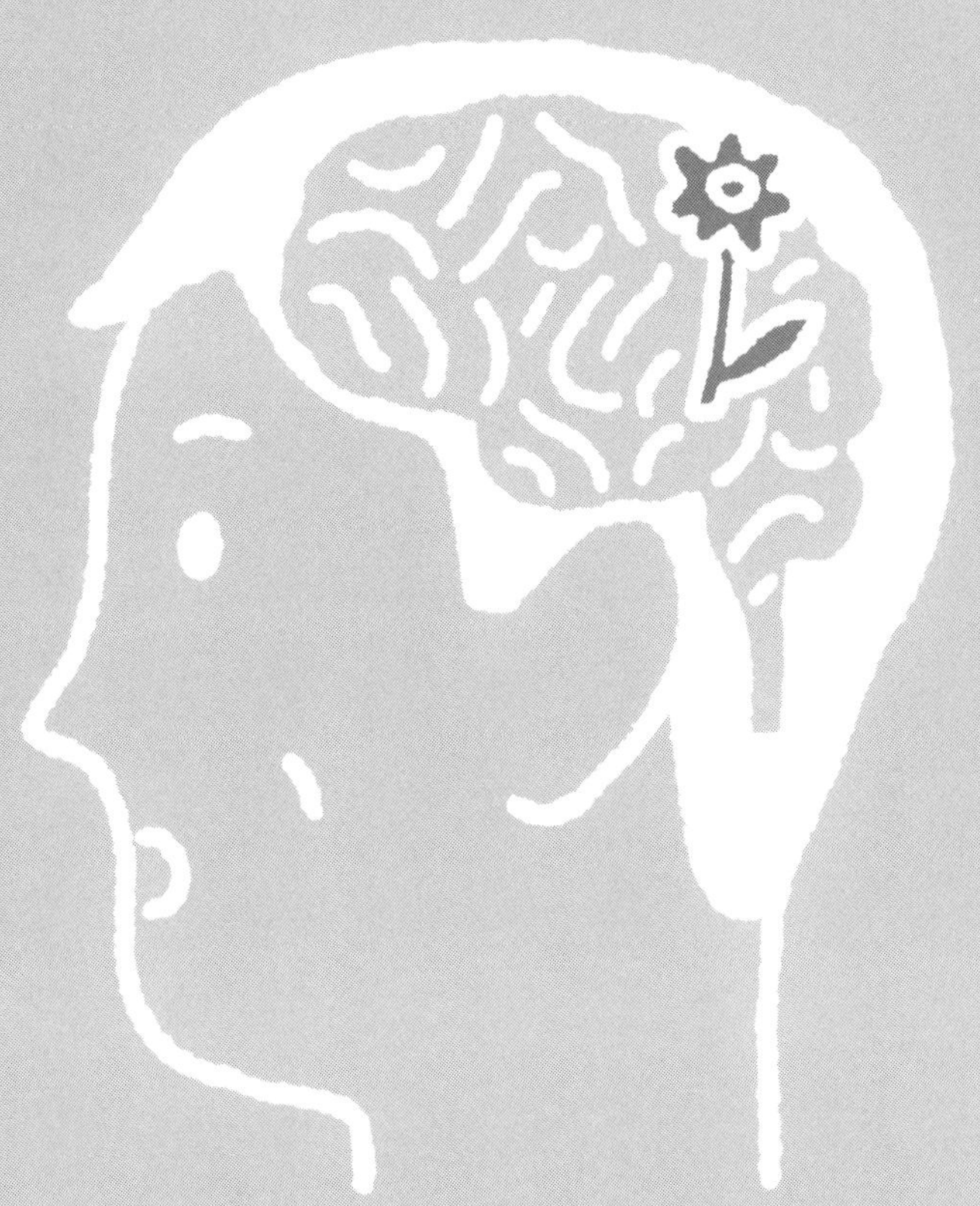

2022／6～8

浴場で飲食店で…「常識」が変わってしまった？

街の銭湯がどんどん閉業していることも影響しているのだろうか。公衆浴場での風呂の入り方について、わざわざ掲示板を張り出さなければいけないような状況は無粋だが、致し方ないことなのだろう。風習の違う外国からの客ならばさもありなんと思うところだが、成人を迎えているであろう日本人の「常識」が、昔とは変わってしまっているようだ。

体をこすって洗ったタオルを、湯船の中に入れて平気な顔をしている人が多い。温泉紹介番組で「撮影用にタオルを巻いています」などと、わざわざ字幕で断り書きを入れることも多いが、そんなことも明示しておかないとまねをする輩（やから）が出てくるということなのだろう。湯船の中で、手で体をこすり続ける人もいる。同じ浴槽に他人がいるという意識を持てない頭脳は、どうすれば育つのだろう。

今大ブームになっているサウナでは、汗だらけの体を流すことなく水風呂に飛び込んでしまう、分別盛りをとっくに越えたおじさんも多い。人類皆兄弟だからいいのか。とてもではないが心地が悪い。

隣の洗い場に座る人に、自分が使うシャワーの飛沫が直撃することに無頓着な人もいる。握力が弱い人なのかもしれないが、ほんのちょっとの想像力を発揮する習慣を持ってほしい。

長い間湯船につかるくせに、自分のせっけんなどを湯おけに入れて洗い場の鏡の前に置きっぱなしにして占拠し続ける不心得者もいる。見ていると、湯船から戻ってきて、そのまませっけんを持って脱衣所に行ってしまう人もいる。何のために洗い場をキープしていたのか謎でしかない。

飲食店では、テーブルやカウンターにカバンやハンドバッグなどをドサリと置いて平気な人もいる。床に置いたり、トイレに持って入ったりするであろう物を、人が飲み食いする同じ板の上に置いて抵抗感というものがないのだろうか。

このご時世に、食事をしながら会社の人のうわさ話を大声で続ける人もいる。選挙演説かと思うほどのけたたましさでしゃべり続ける。承認欲求なのか、顕示欲なのか、そんなに自分の話を他人に聞いてもらいたいのかと質問したくなる。

声だけではない。口を開けて「クッチャクッチャクッチャクッチャ」と咀嚼を続けて、見苦しく聞き苦しい人もいる。食べ方が不格好なだけなら見なければ済むが、音はどうしようもない。タレントの木村祐一さんは、テレビの飲食店紹介などで、リポーターが試食をする際の「口の中に〇〇の香りが広がります」「舌触りがいい」などの表現を聞くのが不快だという。「なんでお前の口の中を想像させられなあかんねん」と思うのだそうだ。言われてみると、口の中で砕かれすりつぶされ、唾液と混じる様子を想像するのは、あまり気持ちのいいものではないかもしれない。

参るのは香水やオーデコロンのにおいが強烈な人だ。そばやすしや日本酒、ワインなどの微妙な香りを楽しみたいと思って入店したら、隣の金持ち風の紳士や婦人のにおいが強烈で、金と時間を補償せよと言いたくなる。実際に、こっそり店主に頼んで席を変えてもらったこともあるが、うまい店ほど他に空席がないことが多いし、しかも店の落ち度でもないので文句が言えない。

一番不快なのは、店の従業員に対する居丈高な態度や言葉遣いだろうか。「金さえ払えば神様」だと思っている。三波春夫さんの決めぜりふ「お客様は神様です」の意味をはき違えているかわいそうな人かもしれない。こういう人は、故郷に帰ってのんびりと静養されるといいのではないか。

2022年6月7日執筆

キラキラネーム、個性重視の副産物か

誰の言葉だっただろうか、「日本人に付けられた名前には、親の弱点が表れている」という。以前にも書いたかもしれないが、これは結構な割合で的中している気がするのだ。女児の名前に「美」が入るのはやはり美的願望だろうし、男児に「茂」「繁」などの字が入ると「お父さんが髪の毛の薄いことを気にしているのか」と想像してしまうのだ。「富」「豊」「満」などは経済的な状況を表しているようにも思う。単純に生まれた時間や季節で、「朝吉」「夕子」「冬彦」「春男」、年末ならば「きわこ」、正月2日なら「正二郎」という人もいた。

もちろん、「太郎」「次郎」「三郎」など、生まれた順で番号を付けるように命名することも多かっただろう。明治時代あたりまでは基本だったのではないか。「伝八」「九兵衛」もそうだろうか。もうこれ以上は子供はいらないという意味で「末吉」「留五郎」などと付けたこともあったと聞く。落語家の桂枝女太(しめた)さんは、師匠が最後の弟子にしようと思ったことからの命名だったが、さらに入門者は続いたと聞く。いや、高座名と子供に付ける名前を一緒にしてはいけないのかもしれないが。

昔は、双子が生まれると運を食い合うとかで、外の家に出されたり、弟に「捨一（すていち）」などと「捨」の文字を入れて厄よけをしたりもしたというが、当事者にしてみれば迷惑な話だ。

秀吉の子「秀頼」や、家康の子「信康」「秀康」などのように、親から1文字受け継ぐ形は現代でも多い。これは芸人の名前にも多い形だと思うが、どこの門下か、どういう流れの人かということが分かりやすい。

ふと疑問に思ったのだが、日本では、ここ20年くらいで顕著になってきている、漫画の登場人物のような、いわゆる「キラキラネーム」は、そのコンプレックスの表面化に貢献している。「黄熊」と書いて「ぷう」と読ませる名前にはただあきれ返った。昔も「熊」が付く名前はあったが、「くま」は「くま」だ。一時のムードや流行で、一生背負っていく名前を付けられる子供の身にもなってほしい。だが、その時点で当人は「あー、うー」しか言えない状態なのでどうしようもない。

欧米では、地名に関連する言葉や、歴史上の伝説や聖書に登場する人物などの名前を付けることが多いだろう。そこで、こういう「キラキラ」現象は海外には少ないのではないかと思って調べると、やはり奇妙な名付けは増えているようだ。英国では「フェイスブック」「ハッ

黄熊じゃないよ。
プーでもないよ。

シュタグ」「スシ」といった、キラキラと言うべきなのかは判然としない珍名さんも登場しているようだ。

　昔は、夫婦による子供の名付けに、実家の両親や祖父母が関与、あるいは介入することも多かったが、今どきはそういうことも少なくなって、キラキラ全盛時代なのだろう。おまけに少子化で、少ない子供に多くの希望を詰め込み背負わせようとするあまり、いじり過ぎて妙な名前が出来上がってしまうのではないだろうか。「檀家（だんか）だから」と、寺の住職に命名してもらうようなことも少なくなっているし、「個性重視」の副産物になっているのかもしれない。

　昨今、幼い子供が虐待されたり、不幸な目に遭っていたりするニュースに触れることが多いが、その子供たちの名前に「キラキラネーム」の割合が増えている気がしてならない。生まれた時の周りの大人たちによる祝福はいかばかりだったのか。その落差に、痛ましさが増幅して感じられることもある。

2022年6月14日執筆

食材に「～してあげる」擬人化してどうする

自動車を運転しているとき、装備されているテレビで、料理番組が流れていることがある。わざわざチャンネルを合わせるわけではないが、ニュースを「聞いていた」流れで、つい放置してしまうのだ。車が動いているときには画面は非表示だが、音声だけを聞きながら、料理が出来上がる様子を想像する。

最近のこの手の番組でよく聞かれるようになった「切り込みを入れてあげてください」「水に浸しておいてあげると30分ほどで戻ります」「同じ側ばかりに焼き色がつくので、たまにフライパンを振ってあげてください。でも振りすぎると、熱が逃げてしまうので、その時はまた火の上にフライパンを戻してあげると、裏側にも色が……」といった「～してあげる」という言葉に違和感を覚える。

以前にも書いたが、なぜ、「あげる」のだろうか。食材やフライパンを擬人化して「あげる」理由とは何だろうか。

「草花に水をやる」と言うところを「草花に水をあげる」、「犬に餌をやる」を「犬に餌をあげる」というのも気になってはいたけれど、これは育てている植物や飼っているペットを人間のように、家族のようにめでているから、いきおいそうなるのはまだ理解ができる。ペットを「うちの子は」と言っているのは、ほほ笑ましくもある。しかし、これから食ってしまうために都合よく利用している食材に対しての擬人化は、少々行き過ぎではないだろうか。

余談だが、知人のボードビリアンが、犬の放し飼いをしている飼い主に注意をしたら「うちの子は人をかんだことはありません」とむきになるので、その人の手をつかんでかもうとした。飼い主が振り払って逃げるので追い打ちをかけたという。「俺も今まで人をかんだことないんじゃ！」と。どこまでが創作なのかは分からないが、目に浮かぶようだ。

食材に「～してあげる」という言い方をするのは、子供に人形作りを教える時の「次は、お目々を付けてあげましょう」ということとも違う気がするし、食材に対して「命をいただいている」という意識で感謝の念を忘れないということとも違う気がする。何か、その後ろめたさを隠そうとしているような心理が働いているのかとも思ってしまう。

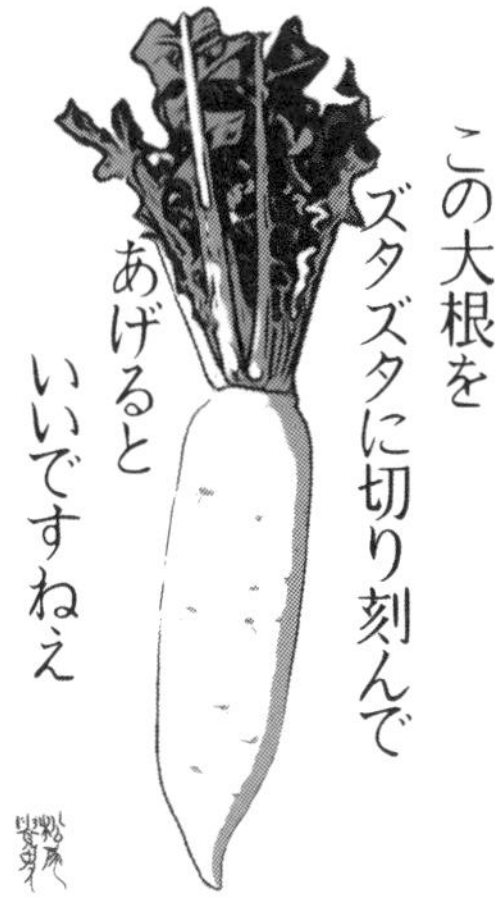

大阪のおばちゃんはあめ玉を「あめちゃん」と言うし、京都の人は薄揚げを「お揚げさん」、子供にトイレを教えるときには「うんこさん」とまで言うが、そのあたりには違和感がない。ひょっとすると、料理の先生方は視聴者を

この大根を
ズタズタに切り刻んで
あげると
いいですねえ

子供扱いしているのだろうか。それとも、自身を純真で可愛く見せたいというナルシシズムからなのか。どちらにせよ、メディアに出て何かを解説する者として粗すぎる気がする。

「〇〇してあげる」ということは、その対象者（百歩譲って対象物）にとって、何か得をしたり、快適であったりという恩恵がある場合に使う言葉だと思うが、食材にとっては迷惑でしかないのではないか。

「自分を褒めてあげたい」「自分にご褒美」という、一見客観視しているようだが、実は自己愛の表れのような表現が昨今多くなっているような気がする。そう感じるのは私がひねくれているからだろう。

ひねくれついでにもう一つ。料理を食べた感想で「おいしい」というのは当たり前だろうけれど、このところ、最後の「い」の後に小さく余分な「え」の音がつく人がいる。どこの方言ということではなく品の無さを感じて耳障りなのだが、誰か分かってくれまいか。

2022年6月21日執筆

「盛り上がりに欠ける」意思表示の機会に水かけないで

参院選の期日前投票に行ってきた。東京都の世田谷区役所では6月23日から投票を受け付けているので、善は急げと済ませた。この度初めて知ったのだが、「きじつまえとうひょう」ではなく、「きじつぜんとうひょう」の方がいいのだそうだ。総務省が「きじつぜんとうひょう」の名称で法案を成立させたので、それに倣って「きじつぜん」なのだという。私はずっと「きじつまえ」だと思っていた。なぜこんな勘違いが起きたのかといえば、多くのマスコミによって喧伝された時に、ほとんどの発言者が「きじつまえ」と言っていたからに他ならない。あまりにも「きじつまえ」が浸透してしまっているからか、総務省も「どっちでもいいや」となっているらしい。

期日前投票制度が設けられる前は「不在者投票」をすることができた。今は「投票日に選挙人名簿のある地域にいられない人」という意味で、入院や仕事などで地元で投票できない人のための制度として「不在者投票」は残っているらしい。「期日前投票」は、投票日に投票できない理由を選んで記入する枠はあるけれど、それは自分が答えたいように書けばいいし、選挙期間内ならば、自宅に届く（はずの）投票所入場整理券を持っていなくても投票ができる。私も今回、世田谷区役所の近くを自転車で通りかかり、投票日には神奈川・鎌倉にいる可能性もあるので「ついでに」投票を済ませた。

紙片に候補者の名前と政党名を書くだけの簡単な作業で、自分が持っている基本的な権利を行使することができるのに、毎度毎度半分以上の人がなぜか投票を棄権してしまうという情けない国に成り下がっていることが不思議でならない。それほど、失政による無力感がこの国全体をむしばんでいるのだろうか。

その病理を正すためには投票行動がその一歩だということは明白なのに、ここまで投票率が落ち込んでしまっているのはマスコミの影響も大きいだろう。まるで、政治に関心を持つことが格好の悪いことであるかのような意見を当たり前のように垂れ流し、選挙に行かないという人の言い訳を街の声として堂々と紹介するのだ。

テレビ番組のキャスターや解説者の物言いにも疑問を感じることが多い。「さて、続いては、今ひとつ盛り上がりに欠ける参院選ですが」などと話し始める司会者までいる。こういう人たちは、公共の電波で話しているという自覚がないのか、本当にそう感じてしまっているのか、それとも政権党や総務省の意向に沿って（笑い）しゃべっているのか、どれだろう。よしんば

人民の
人民による
人民のための……なんとか。

もし参院選が盛り上がりに欠けていると感じるならば、大メディアのキーパーソンとして盛り上げようとするのが本来ではないのか。悲観主義的な評論家よろしく嘆きから始めて一体何になるというのだろう。国民にとっては数年に1度、意思表示ができる大きなチャンスだというのに、水をかけるようなことをしている。

「今ひとつ盛り上がりに欠ける」といえば、東京オリンピック・パラリンピックがそうだったのではないか。しかし、そんな言い草で評した司会者やコメンテーターは、ただの一人としていなかったのではないか。なぜ選挙の時にもそうしないのだろうか。

さて、それぞれの選挙運動の現場では、盛り上がっているところも多いと聞く。政権党の議員が、まともな政治活動をせずに地元の盆踊り大会に顔を出すようなことばかりしているのをパロディーにして、やぐらを囲んで支持者とともに踊っている政党もある。もう何期も務めている与党の候補者は、ランダムに電話をかけて録音した声を聞かせるという、支持していなければ嫌がらせとしか思えない選挙運動をしている。いったいどこから資金が出ているのかと疑いたくなる政党もある。自治体の長からスラップ訴訟（批判を封じ、萎縮させる目的の訴訟）を起こされ、反旗を翻すべく活動している候補者もある。テレビなどがどう伝えるかで、大いに選挙が盛り上がるものを、上からおとしめるような報道機関は、報道の役割を捨てているとしか思えない。

2022年6月28日執筆

検温、「やっている感」出すセレモニーに

参院選の投開票日の陽気、天候はどうなっているだろうか。毎日毎日、税金を払わされているのだから、持てる数年に1度の意思表示の機会を放棄しないようにしたい。

新型コロナウイルス禍の中では、投票所に入る時に、マスクを着用していないと「投票所には入れません」と言われる人もいるようだが、何らかの事情があってマスクを着けられない人が投票所に入れてもらえない、投票できないなどということはないようだ。ある人は「一人で黙って投票を済ませるので飛沫も飛びません。あなたが話し掛けてくるまでは。マスクをしていないと投票できないのですか」と言い返して投票したという。

熱中症が増えているようで、マスクが原因の一つになることもあるらしい。自転車に乗ったり、一人で外を歩いたりするのにマスクを着用する必要がないのは明白だが、一人でイヤホンをして、大声で携帯電話で通話をしている人がマスクをしていないことも多い。

飲食店に入る時には、店の外でマスクを着けることになる。注文を済ませると、店員に出された水を飲むべくマスクをずらしたり、外したりして、食事を終えるまではそのままでいる人

も多い。会計の時には声を出すので、またマスクを装着する。店を出る。マスクを外す。もちろん感染予防になっているとは思うが、ただのセレモニーと化している感もなくはない。

マスクを顎にずらしたり、ひもの片側だけを耳に引っ掛けてぶら下げたり、一口食べたらまた着けるというように、しきりにマスクをいじることも感染予防には逆効果のように思えるので、いったんバッグやポケットにマスクを入れてしまうことが多い。「マスク入れとしてお使いください」と出される、紙や透明の素材でできた袋状の物を使ったことが、ほとんどない。テーブルの上にマスクを置かれないようにする工夫だと思うが、その効果が私には今一つ実感できないのだ。

スナックでは、カラオケのマイクにはめる不織布のカバーが配られるようだ。しかし、マイクは使い回すので、歌い終わったらそのカバーを外し、カウンターやテーブルの上に置く。いちいちはめたり外したり。「これ、誰のだっけ」というようなこともあるだろう。そして、歌い手の飛沫はマイクだけにかかるわけではないので、どうにも気分だけの儀式になっている気がしてならない。

入館、入店する時だが、映画館や大型商業施設などではモニター付きのサーモ測定器が設置されていて、機械的に「正常体温です」と言われて、「私の個人情報を高らかに発表し

ないでほしい」などと内心つぶやきつつ入場する。最近は外気温が高いが、冬の間は建物に入ったら体温表示が34度台になることもあった。それはそうだろう、外で冷え切って入って来た途端に検温されれば正確な体温が測れるはずもない。これも、ただの儀式となってしまっている。

小規模な店舗などでは店員や係の人に、非接触型の検温器を額や手首の内側に向け、まるでバーコードでも読み取るように「ピッ」と検査される。先日入ったとある店では、脈どころに検温器の表面をペトリと密着された。「非接触型だから当てない方がいいのでは？」と言ってみたが、なぜか無反応に次の人にもペトリとやっていた。その部分には消毒用のアルコールも塗っていないので、これまた「やっている感」のセレモニーか。だいたい、平熱が低い人は、問題になる体温なら体調が悪いと感じて出歩かないのではないか……。

私が生まれた頃の標準的な平熱は36・9度だったそうだ。たしかに、昔の水銀体温計は37度の目盛りに赤い印があったが、あれは「平熱」の標準だったのか。欧米の人の体表温度は高く、37・2度くらいの人も多いと聞く。そういえば、海外の航空会社の飛行機に乗ると、機内の温度が異様に低い時があって凍える思いをしたことが何度かある。日本の「37・5度以上の方はご遠慮ください」ルールは、海外から来られた方々にとって、いささか厳しいものなのではないか。

2022年7月5日執筆

投票日前日に「特定の」物言い　本当に先進国なのか

参院選が終わり、「勉強も資質も足りないのでマスコミの取材は一切お断り」していたという冗談のような情報が流れた候補者が当選して、今問題になっている世界平和統一家庭連合（旧統一教会）の問題などを古くから追及していた議員が落選するという、毎度選挙の度に感じる「あほらしさ」を痛感している。これでは投票率が低くなってもしょうがない、さもありなんと思いながらも、こんなことを「仕方がない」と見過ごしていては、ますますこの国が沈んでいくのを加速させていくことになる。

選挙終盤に、元首相が元海上自衛官で無職の男性に銃撃され、死亡するという忌むべき事件が起きた。その場の騒然とした生々しさは、テレビやインターネットでおびただしく流れる数々の動画によって伝えられ、情緒が混乱する人も多くいるのではないか。

この事件が起きた時、被害者を批判していた私に対して「さぞ満足だろう」などと愚劣なコメントをＳＮＳ（ネット交流サービス）に投稿する者もいたが、もちろんそんなことは有り得ない。当然、暴力によって怨念（おんねん）を晴らすようなこと自体あってはならない。そして、数々の事実や疑惑についての説明も検証もされないまま、闇へ葬り去られることの無念さは筆舌に尽くし難い。法のもと、公正に審理されるべき事柄は山積していた。

容疑者（という表現にも違和を感じるが）が事件を起こした理由として供述しているのに、事件直後の放送などでは「特定の宗教団体」「ある宗教団体」と表現されていた。どの団体を指すのか、もう周知の事実となっていたのに、なぜ団体名をはっきりと言わなかったのか。言わないことによって「どの団体だろう」という興味を湧かせて、検索してくださいと促されているような不自然さを感じた。こういう表現は、何の関係もないその他の宗教団体にも迷惑だろうし、分かっているのに政権に忖度してぼかした表現にするということは、国民の知る権利を損なう。

事件が起きてから「暴力による言論封殺は許されない」と自民党の関係者が口々に訴えていたが、これは何を前提にしているのか。「恨みを晴らす」ことを「言論封殺」と言い換えて、まるで自民党が理念や政策によって、暴力に脅かされているような言い草で、まやかし以外の何ものでもない。

選挙期間中、やはり序盤、中盤の情勢報道がかまびすしかった。古くから「バンドワゴン効果」という現象が言われているが、「自分が投票した人には当選してほしい」という心理がい

つの間にか「当選する人に投票したい」という「勝ち馬に乗る」的バイアスに置き換わって、情勢調査で出た数字に乗せられる人も一定数はいるだろう。この調査にどんなメリットがあるのかは知らないが、私が思うに百害あって一利なしだ。こんな「報道」のふりをした愚行をいつまで続けるのだろう。報道すべきことをせず、余計な雑音ばかり垂れ流すのは「ニーズに応えている」つもりなのか。

各テレビ局のワイドショーは「故人がいかに素晴らしい政治家だったのか」というような礼賛番組と化し、投票日前日だというのに「特定の政治団体」関係者の物言いばかりが詰め込まれていた。ある番組では、元首相が街頭演説していた奈良市の近鉄大和西大寺駅近辺の地図をパネルに出して説明していたが、その情報は誰の役に立つのか。家族や政党関係者やらの「気持ち」を投票日直前にどんどん放送で流し続けるこの国は、本当に「先進国」なのか。そして、選挙の終わった今、テレビ局の昼の帯番組では元首相の「外交の成果」や「外遊の移動距離」などを紹介して称賛する内容を伝えている。ため息しかない。

2022年7月12日執筆

自民党と旧統一教会 関係は究明されないのか

自民党と、宗教団体「世界平和統一家庭連合（旧統一教会）」の「一体ぶり」が、日に日に可視化されている。国会議員の元に送り込まれた旧統一教会の関係者が、ほぼ無償の形で議員事務所を手伝い、彼らはお互いに連絡を取り合い、教会本部に報告する。もちろん、選挙の時には信者を動員して運動を繰り広げるので、国会議員とは切っても切れない間柄となる――。そんな情報が流れている。

また、国会議員が旧統一教会の関係者から講演やスピーチを頼まれ、機関紙に登場したり、祝福のビデオメッセージを送ったりして、多額の報酬をもらうという話もある。これらが事実ならば、旧統一教会の主張する社会のあり方と、自民党が成立を目指す法案や政策に共通点が多く見られるのは、さもありなん。

母親が旧統一教会の信者となり、多額の献金をむしり取られて家庭が崩壊し、その恨みを旧統一教会とのつながりが深い安倍晋三元首相を銃撃することで晴らそうとした、と供述しているると報じられている容疑者の蛮行によって、期せずして自民党や、その他の政治家との関係に対して、再びにわかに光が当てられるようになった。有田芳生(よしふ)氏によれば、1990年代の松本サリン事件や地下鉄サリン事件を引き起こして社会を大混乱に陥れたオウム真理教の後、警察は「次は統一教会問題に着手する」と明言していた。ところがその後、一切捜査も調査も家宅捜索も行われることはなかった。先日、テレビ朝日「モーニングショー」に出演した有田氏は、その理由を「『政治の力で止められた』と警察幹部が証言している」などと表明した。

ようやくこの問題を大手メディアも避けられないと判断したのかと思っていたら、翌日（この原稿を書いている日）の番組では触れなくなってしまった。「どこか」からのプレッシャーがかかったことは想像に難くないが、あまりにもあからさま過ぎはしないか。かつて、稲田朋美衆院議員は「国民の生活が大事なんて政治は間違っていると思います」と明言したが、なるほど、「そんなもの」が大事だったのかと気づかされる。

家庭

以前、「こども庁」の名称案が「こども家庭庁」に変更された時、その違和感について書いた。被虐待経験を持つ有識者も「この場合『家庭』は必ずしも良い意味を持たない。また『子供と家庭は常に一つ、分けられないもの』ということにしてしまうと、子供が直面している困難が家庭そのものであった場合、逃げ場がなくなってしまう。ここは『こども庁』とすべきだ」などと進言した。自民党の勉強会は「こど

も庁」との案でまとまったのに、党本部に却下された。旧統一教会と関係があると指摘される団体がホームページで「心有る議員・有識者の尽力によって、組織の名称が『こども庁』から『こども家庭庁』になりました」とアピールしている。自民党が旧統一教会の要請に従って名称変更したのではないかと疑ってしまう。

元文部科学事務次官の前川喜平氏は「安倍晋三氏の横死を無駄にしない唯一の道は、統一教会と政治家の癒着した関係を清算することだろう」と喝破している。政権党の政治家として「特定の宗教団体」にお墨付きを与えてしまっていたことは紛れもない事実だ。ここまで「鮮明」に見えてきた自民党と旧統一教会の関係が究明もされない状態で、権力者の横暴から国民を守る憲法をいじる議論が、その自民党の関係者によって進められてしまう状況は、恐怖と絶望以外の何ものでもない。

岸田文雄首相は、安倍氏の国葬を執り行う意向を表明した。国葬の定義や対象などの規定は存在しないとはいえ、あれだけ国民の分断をあおり、国会で3桁にものぼる虚偽答弁をし、数々の疑惑を抱えたまま死去した政治家を、「憲政史上最長にわたって首相を務めた」という理由以外には積極的に推す材料もないのに、なぜここで国の名において国費で葬儀を執り行うという勇み足の表明をしてしまったのかが謎でしかない。「聞く耳を持つ政治家だ」と自慢していたことからしても不可解だ。追悼、弔意はそれぞれの意思で安らかに行うべきであり、ここで新たな火種を生み出す必要もないのではないか。

2022年7月19日執筆

政治家の「一押し」境界線上の人を被害者に

１９９０年代、オウム真理教というカルト宗教団体が起こした毒物によるテロ事件によって、オカルト的なものに対する批判が高まった。

70年代前半あたりから「こっくりさん」などの降霊術や、イスラエルの自称超能力者による「念力」の実演、「〇〇スペシャル」と称する空飛ぶ円盤や宇宙人についてのまことしやかなドキュメンタリーもどきがはやった。そのせいで「未知の世界があるのかもしれない」「科学万能なんて人間の傲慢だ」という陳腐な言い草がまん延して、そういう不可思議なものが「ないよりはあった方が面白い」というバイアスがかかった結論めいたものを持つ人が増えてしまった。

「科学万能」とは、実際の科学者の認識とは最も遠いところにある言葉だろうけれど、「この科学万能の時代に」が慣用になる中、逆に科学を悪者にすることで知的コンプレックスの穴埋めにする人も多く現れた。かくいう私もそんな感覚を持って中学時代を送った一人なのだが。成人して間違いに気付くチャンスを得、その楽しくも珍妙な世界に埋没することから逃れることができたのは幸運だったかもしれない。

現実がつらい状況にあると、人はどうしてもそこから逃避してしまいたくなる。今ここにいる自分は本来の自分ではなく、四次元にいる本物が三次元に投影されているだけの幻影に過ぎず、秘術をもって四次元と交信することにより救済される、というような発想を持つ人もいた。自分の厳しい状況は、前世からの因縁、あるいは守護霊、背後霊、先祖代々、あるいは神のような人知を超越した存在の影響によるものだと思い込む者も多い。

星座や生年月日、血液型、方角、名前の画数、精霊などのせいにすることで、ある種のセラピーになるのであれば、簡単なものである。しかし、その簡単なものに、困っている人というのはいともたやすく引っかかってしまうのだ。人は、ストレスや強欲が募ると、どうしても判断力が低下してしまう。そこにつけ込むのが、カルト宗教や詐欺集団なのである。通常であれば「そんなものに引っかかるはずがない」と思えることでも、経済的に困窮していたり、病気など深刻な悩み事を持っていたりする人は、その低下した判断力に付け入るように「こうすれば救われるよ」と親切ごかしに近づいてくる人がいると、どうしても受け入れやすくなってしまう。

勧誘に乗って入信してしまい、ただでさえ困っているのに借金までして3000万円もす

る聖書のようなものや、高額な多宝塔、壺などを購入させられる。離れたところから見るとばかげていても、当事者は大真面目でのめり込んでしまうのだ。もちろん、ギリギリのところでだまされずに引き返す人もいるだろう。その「線上」にいる人の背中を押すのが、社会的地位のある政治家などの存在であるならば、一蓮托生、詐欺の片棒を担いだとそしられても言い逃れはできないだろう。それが公人というものだ。

祝電を送ったことがあるだけ、メッセージを送ったことがあるだけ、招かれてあいさつをしただけ、頼まれてスピーチをしただけ、インタビューを受けただけ。本気で「だけ」と思っているとすれば、人としてあまりにも不誠実ではないか。有名な国会議員や閣僚、自治体の長が認める存在ならば、悪いようにしないだろうと思ってしまうのが人情だ。引き返せるチャンスのあった「線上」の人が、いったい何人、被害者となってしまったのかを想像もできない政治家が何人いるのだろうか。

日に日に、政権党とカルト詐欺集団と思われる団体とのズブズブの関係が、とめどなく明るみに出てくる。母親がだまされてしまい不幸になったと感じた、たった一人の怨恨が、パンドラの箱を開けたような様相を展開させている。その蓋を慌てて塞ごうとする人たちの狂乱も私たちは目の当たりにしている。

2022年7月26日執筆

マナー違反、一旦恥をかかせるバーって

大阪に、なかなかのバーがある。「なかなか」というのは、そのこだわり方（本来の意味で）が、なかなかなのだ。なかなかどうなのかというと、居心地が悪い緊張感を強いられるのである。オーセンティックな酒場というものは、そこはかとなく心地よい緊張感がうっすらと漂っているものだが、何かこう、ギスギスとした嫌な感じなのだ。

私の連れが、カウンターの上に小さなバッグを置いた。私もそれは行儀が悪いな、と思い注意をしようと思った刹那（せつな）、「バッグ、下に置いて！」と高圧的な怒声が飛んだ。常識的なマナーに違反したのは連れなので、店主が言うようにするべく促したが、果たして、店中の客に聞こえるように叱るのはどうなのだろう。内装も重厚で、調度品も何やらありがたみのある高級であろう物ばかり。大人の雰囲気、静ひつな中にも高揚感のあるビジュアルなのに、のべつ店主の不機嫌な振る舞いを見せられることになるので、時間がもったいないと思い、2回で行かなくなってしまった。

酒場というものは客との相性によるところが大きいので、それでも行きたい人だけが通えば

いいのだが、私はそれほどマゾヒスティックな気性ではないので、自然と足が向かなくなる。

京都に有名な老舗のバーがある。私の知人が、アポロキャップをかぶって入店したら、即座にジェスチャー付きで「シャッポ（帽子）、シャッポ！」と叱責されたという。その言葉の選び方に世代を感じるが「客とはいえ、店にも敬意を持て」ということなのだろう。しかし、このご時世で室内での帽子が礼を失するという作法は絶滅しつつあるのではないかと思う。私はどうにも気が小さいので、店に入る時には帽子を取ることが多いが、両手に荷物を持っている時などは、店の外で脱帽するほどのまめさはない。そして、新型コロナウイルス禍の今は、入店する間だけマスクを一瞬着用するという儀式を行うことになる。

荷物の置き方や帽子に対して、何か注意の仕方が違っていないだろうかとも思うが、マナーをたがえたのは客の側なので致し方ない。だが、それとなく「お荷物、お預かりします」「後ろの帽子かけをご利用ください」という案内では済まされず、一旦恥をかかせるというスタイルは、いかがなものだろうか。接客業としてのプライドがあるならば、逆にやりたくないはず、と思うのは私だけだろうか。

昔ご紹介したかもしれないが、日本ソムリエ協会会長の田崎真也さんが、以前ワインスクールで出した問題が興味深い。「カップルのうち男性客が『シャブリの赤をボトル

で』と注文した時、ソムリエはどう応対するのが良いか」という内容の問題だった。もちろん「お客様、シャブリに赤はございませんよ」などと言ってしまうのは最悪の対応だろうが、一体どうすべきか。その模範解答を教えてもらった時、なんと接客業とは奥の深いものなのだろうと感心も得心もした。その答えはここでは繰り返さないが、思いやりの訓練と頭の体操になるような名案だ。

東京・下北沢と三軒茶屋の中間ぐらいにあるそば店が好きで、頻繁に通っている。一人で行くことが多いのでカウンターに座ることになるのだが、そばを待っていると、隣の席に来た客がハンドバッグ、コンビニ袋と折り畳み傘をカウンター上に並べて置いた。トイレにも持ち込むようなバッグと雨の滴がついた傘など、物を食べる板の上に置かれると衛生問題以前に気分がよろしくないので「カウンターの下に棚がありますよ」と教えてあげた。すると、すこぶる恐縮して「あ、すいません」と助言を聞き入れてくれたのは、おしゃれでフェミニンな感じだったので女性かと思えば、男性だった。

そして、そばを食べる時には「ズズッ」と音を立てることなく、箸で順繰りにそばを口に手繰り入れ、まことに器用というか上品というか、不思議な感じがした。

マスク、検温、手指消毒、これらでまた新たな行儀や作法が生まれるのだろうか。

2022年8月2日執筆

「当該団体」名指しを避けるのはなぜ？

この小文が紙面に載った時には、岸田文雄首相による改造内閣が発足しているだろう。執筆時点では、旧統一教会（現・世界平和統一家庭連合）との関係が濃密、あるいは確実な人物は閣僚などの職を解かれる見通しのようだ。これだけ反社会的な組織と現政権との「濃厚接触」が注目されたのでは、これから3年間、国政選挙がない見通しだとはいえ、政権運営に差し障りが出てくるのは当然だろう。

岸田氏は、マスコミに対して語る時に、なぜか「（旧）統一教会」という団体名を出さずに、「当該団体」「当該の団体」と濁して話す。団体名を名指ししないことで、いったい誰を利するのか。この期に及んで、そちら方面の顔色をうかがわなければならない理由とは何だろう。

テレビの場合、放送局や番組によっては「特定の宗教団体」といまだに濁すところもある。濁し、ぼかし、ごまかす物言いをすることで、やましさが浮き彫りになる。政治家も、メディアも、キャスターも、プレッシャーがかかっていることを白状しているに等しいのではないか。もし「当該団体」に迷惑がかかることを恐れているのだとしたら、反社会的な集団に対して、どんな遠慮があるのか知りたいものだ。

記者会見で、旧統一教会との関係について質問を受けて、自民党の福田達夫総務会長は、半笑いで「何が問題なのか、僕はよくわからない」などとうそぶいていた。本気でわからないのだとすれば「被害が出たのは自己責任、僕らは直接犯行に及んでいない」と考えているということだろう。「政権党の多くの国会議員が認めている団体である」というお墨付きを与えて被害を拡大させているということについて想像さえしないというのは、果たして公人にふさわしい資質なのだろうか。それも自民党の総務会長という重職にある人物だ。10日の内閣改造・党役員人事で交代していることを願うばかりだが、彼ばかりではない。

二之湯智（にのゆさとし）・国家公安委員長の言い訳、言い分もどうしようもないものだった。警察庁を管理する組織のトップが「当該団体」と関連がある団体のイベントで実行委員長を務めたことについて「名前を貸しただけ」と述べた。実際は、イベントに参加してあいさつまで行っていたのだが、「会員でもございませんし、旧統一教会がどういう教義をもって布教活動をしているのか、さっぱりわかりません」と言い放った。これは完全なる職務放棄宣言ではないか。

また、二之湯氏は閣議後会見で旧統一教会の霊感商法に関して「２０１０年を最後に被害届はないわけですね」「被害届があれば別ですけど、警察として特別動きはないということです」と述べた。この会見後、警察庁は被害届ではなく10年を最後に「検挙がない」と訂正したが、そもそも検挙がないことこそ、警察の職務放棄ではないか。もちろん、現場の警察官は忸怩たる思いだろう。国家公安委員長がこんな認識ではやっていられないとの思いではないか。警視庁公安部が作成した旧統一教会幹部の「重点リスト」もあると一部で報じられているのに、この認識でいいのだろうか。

文部科学相を務めていた時に、「統一教会」という名称の変更を認めたと指摘されている自民党の下村博文前政調会長の罪もすこぶる重い。

8月6～7日に実施されたＪＮＮ世論調査で、旧統一教会と政治のつながりの実態を、国会での審議を通じて明らかにすることについて「必要がある」と答えた人は72％で、「必要はない」の21％を大きく上回った。しかし、この21％の人はどういう感覚の人たちなのだろう。国政選挙の比例代表では、自民党は全有権者の約2割の得票率だが、「必要はない」と考える人はそっくり含まれるのだろうか。別の世論調査で「必要はない」の回答が15％ほどのところもあったが、その人たちは日本をいったいどうしたいのか。

2022年8月9日執筆

目くらましに失敗 内閣改造、やぶ蛇だった

内閣支持率の下落を食い止めるべく前倒しして行われた感のある岸田文雄内閣の改造だった。いわゆる「壺議員」の一掃、すなわち旧統一教会（世界平和統一家庭連合）との関係がない人選が徹底されるのだろうかと、いや、まさかそんな清新なことは「あの周辺」には無理だろうと予想しつつも、「もしかすると」という期待感はかすかにではあるが持っていた。しかし、その「当該の組織」との関係は断ち切るどころではない癒着が進んでいたようで、蓋を開けてみれば破滅に向かっているとしか思えないような強力な「壺」感を覚えさせてくれた。

内閣改造前には、判明しているだけで7人の閣僚が旧統一教会と関係があった。彼らを「一掃」して「壺気」のない人選を徹底するのか注目されたが、組閣が済んでから加藤勝信厚生労働相、高市早苗経済安保担当相、寺田稔総務相ら7人が旧統一教会と関係していることが明るみに出た。留任が決定してから旧統一教会との関係を認めた山際大志郎経済再生担当相のような厚顔無恥もいる。合わせて、副大臣には10人、政務官に11人も「壺関係」議員がいた。「同性カップルには生産性がない」などと旧統一教会の考えに沿ったような差別的な主張が問題視

されたが、説明から逃げ続けている杉田水脈(みお)氏も総務政務官に起用されている。なぜこんな人物が、放送などを管轄する総務省の担当になるのか全く理解不能だ。

閣僚は外れたが、自民党政調会長に就任した萩生田光一氏は、今年7月の参院選で生稲晃子氏への支援を要請するため、彼女を伴って教会関連施設を訪問していたことが一部の報道で明らかになった。彼は、教会関係者から「〝家族〟同然と思っていた」とまで持ち上げられているという。萩生田氏は「（関係は）意図したものではなかった」と言い逃れるが、衆院選で落選し浪人していた時期には月に1、2回のペースで教会施設を訪ねていて、そこでの演説では、信者に「ビデオを回さないように」と指示が出ていたとも報じられた。「意図」せず、こんな関係になり得るだろうか。

すぐに解散命令の検討を。

さらには、岸田首相自身も、旧統一教会の広島教区三原教会の教会長や、東広島教区の伝道教育部長だった光永一也氏と2人だけで撮った写真が見つかり、首相本人の説明責任が問われる事態になってしまった。「屋外の広場で、河川敷のような」写真の背景から見て、無関係の催しで居合わせて撮ることになったような雰囲気ではない。党としての調査をしないのかを記者に問われて、岸田首相は「各議員が点検し、その結果を踏まえ適正に対処する」としか言わず、まるでこのまま国民やマス

コミが飽きるか根負けするまで静観したいと言わんばかりではないか。

旧統一教会と関係や疑惑のある議員を排除しようと内閣改造を頑張ってはみたが、逆に押し戻されてしまった、と見るのが妥当だろう。もはや、日本全体の安定よりも政権の安定を優先しているとしか思えず「岸田カルト政権」という汚名に甘んじるしかない様相だ。「人の話を聞ける」と自慢していた岸田首相だが、国民の声よりも党内や旧統一教会系の話しか聞いていないのではないか。

自民党は「党としての調査をする気はない」と表明したが、これだけ問題のある組織との関係が問題視される中、単なる疑念だというならそれを払拭する努力をしないという尊大さは、国をあずかっている立場の重さを全く理解していないことの表れだ。

自民党と旧統一教会との絡み合い、もつれ合いが強すぎ複雑すぎて、内閣改造人事を急いで目くらましを図るつもりがやぶ蛇を増やして傷口を広げてしまった。うみを出すどころか、大規模な切除手術が必要だ。関係を遮断できないのであれば、自民党という政党は解党するか、「非壺自民」と「親壺自民」の2党に分党するしかないのではないか。

2022年8月16日執筆

「成功体験」が生む慢心 国葬執行も保身の演出？

新型コロナウイルス感染予防に4回目のワクチン接種を今月中旬に済ませた岸田文雄首相が、新型コロナに感染したことを受け、リモートで記者会見を行った。部屋の中央にテレビのようなモニターが設置され、その左右に十数人ずつの記者たちが「ハ」の字状に立ち並んで、画面の中で日の丸を背にしてどっしり座る岸田首相を見つめ、メモを取っている。「ハ」の字の両側、前列の記者たちの前には「ここから前へは出ないでください」とでもいうような赤いロープが張られている。

首相の代わりにモニターを置いた、というようなつもりなのだろうけれども、この「配置」を全国の国民に見せる必要があるのだろうか。感染しました、うつさないためにリモートで記者会見をやります、というのであれば、記者たちがご本尊を拝観するように立つ必要もないし、メモや記録が取りやすいように椅子に座ってもらえばいいのではないか。

そして感じるのは、モニター脇で記者会見を取り仕切るように立っているおじさん以外、一生懸命メモを取っている、おそらく「首相番」「総理番」と呼ばれる記者たちの何と若いことか。まるで大学でのゼミの授業のように見える。一国の最高権力者に大切なことをただすべく派遣されている記者たちが、ことごとく新米然とした人たちなのである。もちろん、経験、研修の意味もあっての布陣なのだろうけれども、老練な政治家に軽くあしらわれたり、いなされたりするばかりではないかと心配になる。すべてのメディアがこういう感じなのだろうか。

ある程度経験値の高いベテランが交じっていても不思議ではない。というより、現状の方が不思議で仕方がない。官邸からそのような要請があるわけでもないだろうに、なぜこういう慣習になっているのだろうか。海外のメディアもこういう感じのところがあるのだろうか。

週刊文春（２０２２年９月１日号）の電子版では「岸田首相後援会長は統一教会系団体の議長だった」というスクープ記事が掲載されている。この記事が世に出ることは、もちろん首相周辺は以前から分かっていただろう。早々と「（自民）党としての調査はしない」と断言する火消しに必死の表明も、身に覚えのある後ろめたさからの動揺からだったと解釈すれば合点がいきやすい。

こうなってくると、国会を開かずゴルフに興じる様やコロナの感染自体、何かの演出・目くらましなのではないかと勘ぐってしまう。まさか、自分よりもよほど旧統一教会（世界平和統

一家庭連合）との関係が濃密だった人物の「国葬」を執り行うことで、自分の保身の演出を謀っているのかとすら想像する。全国紙や地方紙の世論調査では「国葬」の実施に反対する国民が多いことが鮮明になり、週刊誌の調査では9割近くが反対している結果もあったが、本当にこのまま国費を使って「国葬」を強行してしまうのだろうか。「聞く力」を自慢していた岸田首相が、これほど「聞く力」に、自分でげたを履かせていたとはもう滑稽（こっけい）としか言いようがない。

「政界の一寸先は闇」「まさかという坂がある」などと言われることがあるが、内閣総辞職や衆院解散などが思ったよりも早くやって来ることも有り得るのではないか。確率的には低いようでいても、有り得ない話ではない。

「媒体への圧力は効いている」「組閣で目くらましをすれば、ほとぼりを冷ませる」「国民はすぐに忘れる」……。この10年ほど、彼らは「うまく」やってきた。改ざんや隠蔽（いんぺい）で情報をどうにでもできたという成功体験が、慢心、増長を促し、かえって自民党の崩壊を促進しているのだろうか。いや、本当はもう崩壊しているのに、ハリボテだったのかもしれない。ここで崩壊しなければ国全体が崩壊してしまう、とは言い過ぎか。すべては、国民の意思表示の強さとメディアの覚悟にかかっている。

2022年8月23日執筆

「適切に対処します」内容は何もない「フィラー」

「はい、えー、日曜日の、ま、参議院選挙において、与党は、ま、安定した政治基盤を確保することが、できました。え、新型コロナ、ウクライナ侵略、え、世界的な物価高騰、え、世界にも、日本にも、え、数十年に1度……」「私は、ま、今回の、選挙の結果は、こうした、ま、戦後、ま、最大級の、難局から、日本を守り未来を切り開けとの、国民の皆さんからの……」

7月の参院選を受けた岸田文雄首相の記者会見の冒頭発言を抜き書きしてみた。この人の話し方で「ま」の音が頻繁に入るのが気になっている。口癖など、どうでもいい話なのだが、職業病というか、こういう枝葉末節が気になるのは私の気質なので治らない。中には「あの」と「ええと」には明確な意識の違いがあると言う人もいるが、どうなのだろう。

「え」というのは、落語家の「えー、毎度おなじみのばかばかしいお笑いを一席」というように、続いて発する声の呼び水のようなものだから、あまり意味を持たないかもしれない。何かを聞かれて、判で押したように「そうですね」で話し始める人もいる。「そう」は何を指しているのか、「ね」は何についての同意なのか、全く分からないけれども、その後の言葉を引っ張り出すためのフィラーなのだろう。

「フィラー」とは「えーと」とか「まあそのおー」のように、一見無駄に挟み込んでしまう音なのだが、実は意味もなくはないというものだ。人のしゃべり方をまねる時には、随分と役立つ緒(いとぐち)にもなる。多くの政治家は、演説の時にこの音声を多発させてきた。古くは田中角栄氏の「まあそのおー」だとか、大平正芳氏の「あー、うー」、ロナルド・レーガン氏などの「ウェル……」などが記号的に遊ばれていた。

口癖にもいろいろある。例えば、頻繁に「要するに」から話し始める知人がいる。しかし、それに続いて、その言葉の持つ本来の意味に即した内容が語られることはほとんどない。

長嶋茂雄さんのものまねをする人が、本当に彼の口癖かどうかは分からないものの、それらしく聞こえる話し始めの「んー、どうでしょう」をギャグにするけれど、この言葉は「まあその」「えーと」「あの」と変わらないニュアンスになっているのだろう。

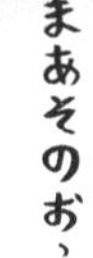

これらの言葉というか、これらの表現を全く使わない人はまずいない。ナレーション台本のように無駄をそぎ落とした文章を読むときは別だけれど、演説やプレゼンテーションでこのフィラーが一切ないと、逆に生きた言葉として聴衆、聞き手に届きにくくなるかもしれない。

「えーと」という時には「今からちゃんと言いますから聞

いてくださいね」というアテンションプリーズの意味合いもあるようだ。しかし、考えや、言い方をどうすればこの場をやり過ごせるか、という局面にも使われがちである。

さて「ま」という表現は「確実、絶対というわけではないが、そういう塩梅である」ことを感じさせる「程度」を表す印象のフィラーだ。この語は「私は冷静に捉えている」「落ち着いて考えている」というふりをしたい時に出てしまう音だと感じる。しかし、岸田首相のように重責にある者が、深刻な問題について話す時の「ま」は問題を軽視しているような印象があるので、多用するのは損になるのではないか。ま、大きなお世話だが。

ほとんど信者と言ってもいい、深い付き合いを指摘されている旧統一教会（世界平和統一家庭連合）との関係をどうするのかを記者に問われた自民党の萩生田光一政調会長が「適切な対応をしていきたい」と繰り返していた。最近になって「関係をきちんと切っていくことを明確にする」と述べたが、「適切」という抽象的な言葉でごまかしていたところに改善の意思がなかったことが表れている。

政治家が国会の予算委員会や記者会見などで議員や記者からの質問に「適切に対処します」と答える光景を多く見てきたが、適切に対処するのは政治家だろうが医師だろうが運転士だろうが料理人だろうが警察官だろうが社会人ならば当たり前のことだ。何かを答えるような格好を見せているだけで、内容は何もない。この言葉も、ま、政治家にとっては、ま、意味を持たないフィラーの一つになっているのかもしれない。

2022年8月30日執筆

第4章

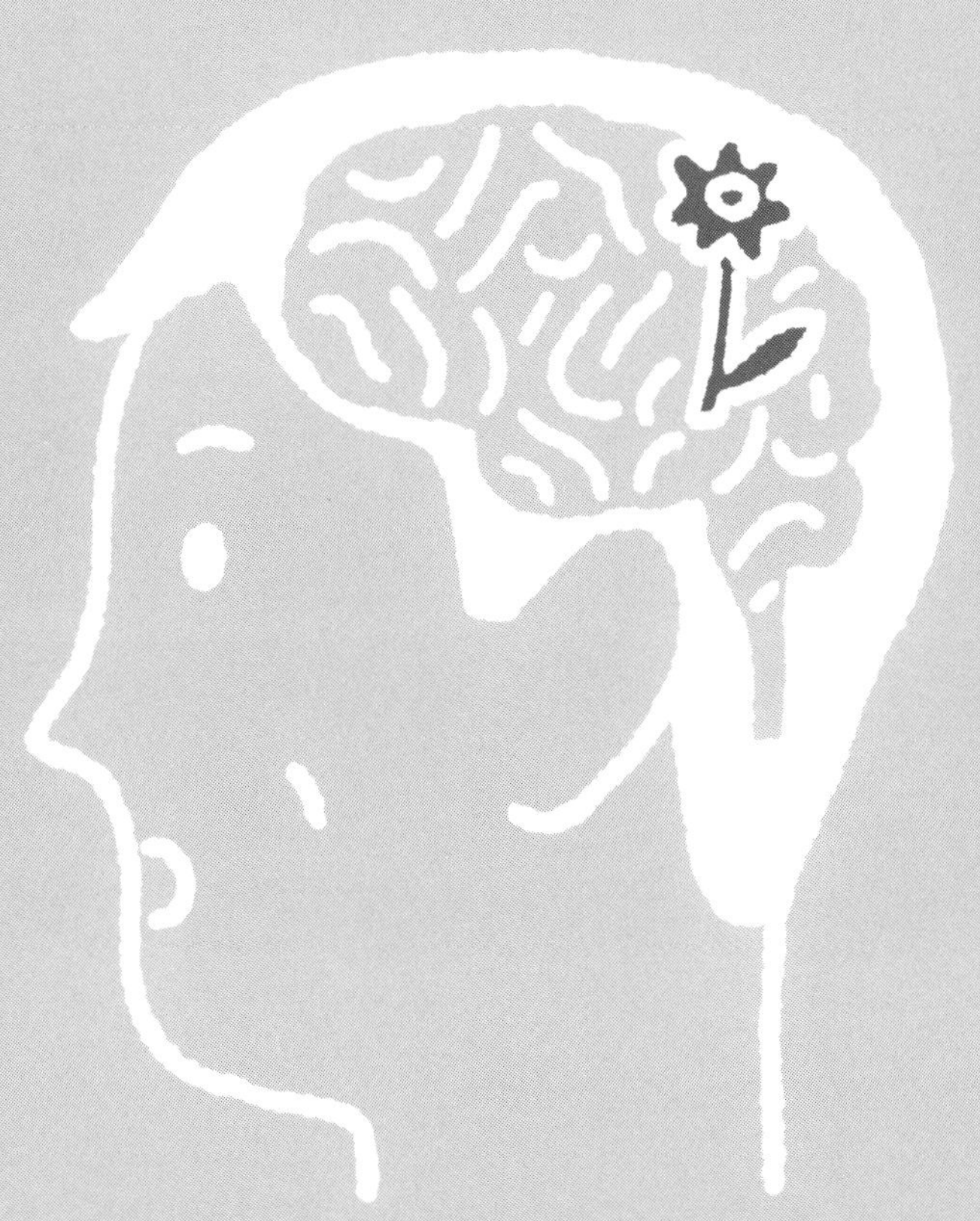

2022／9～11

商業主義五輪　改善の余地はないのかも

昨夏（２０２１年）の東京オリンピック・パラリンピックの傷痕も癒えぬうちから、もう札幌に２０３０年冬季オリンピックを招致したいと言い出す人たちがいる。新型コロナウイルス禍の中で、21年に「開催」してしまった東京オリンピックの後遺症はどんどん大きくなっている。それなのに、札幌市の秋元克広市長が「国際オリンピック委員会（ＩＯＣ）本部を訪ね、バッハ会長に直接熱意を伝える『トップセールス』を行う方向で（会談を）調整していた」のだそうだ。その話は頓挫したらしいけれど、いったい何をセールスするつもりだったのだろうか。「札幌は東京よりマシですよ」ということなのか。

そもそも「コンパクトで世界一金のかからない五輪だ」という言葉に日本中がだまされ、さらに「東日本大震災のダメージから一刻も早く脱却したい。五輪がその弾みになるのでは」と「東京２０２０」に淡い期待を抱いた人も少なくないだろう。

ところが、招致するに当たっては、その「金がかからない」という真っ赤な嘘に重ねて、福島第１原発事故の状況を「アンダーコントロール（制御下）にある」とした虚偽の演説、東京

参加することに意義がある。

への招致を巡る贈賄容疑で、フランス司法当局から捜査対象にされた日本オリンピック委員会（ＪＯＣ）の竹田恒和（つねかず）会長の退任など、これほどの醜態をさらしたオリンピックもまたとないのではないかと思えるほどの体たらくだ。

東京開催が決まってからも、エンブレムの盗作疑惑問題でもめたり、広告代理店の幹部による若いクリエーターへのパワハラがあったりした。国立競技場をぶち壊して何千億円もかけて新たな競技場を造ったことでは、ザハ・ハディドさんがデザインした旧計画に対して、安倍晋三首相（当時）が突然、白紙撤回を表明、その計画変更による無理な建築スケジュールも影響したのか、現場監督の過労自殺を生んだ。当初、７３４０億円とされた大会経費は、１兆４２３８億円に膨れ上がった。しかもこれは関連経費を含まない金額だ。そして、新設した国立競技場はこれから年間24億円の維持管理費がかかるとされる。組織委員会の森喜朗会長の女性蔑視発言、開閉会式で演出の総合統括を務めるクリエーティブディレクターが女性タレントの容姿を侮蔑するようなプランを提案していたといった差別やスキャンダル。大会が終われば、記録映画を巡るもめ事や、テレビのドキュメンタリー番組での字幕の「誤り」、最近では、不正な金銭の授受が数社の企業がらみで明らかになり、五輪組織委の理事だった人物は賄賂を受け取ったとして逮捕、元会社役員らも賄賂を渡したとして逮捕された。

長野オリンピックでは、招致した際の不明朗な金銭の流れが問題となり、長野冬季五輪招致委員会が会計帳簿を焼却してしまう騒ぎがあった。そんなに無理をしてまでも開催して、金だけはぼったくられ、汚れた集団はさらに肥え太っていく。利権まみれで、こんな贈収賄まがいな出来事が横行していることを実は先刻ご承知なのに、国や自治体が招致に血眼になるこの構造は、五輪の存在自体が悪であるとすら思えてくる。

それまで組織委が決めていた聖火ランナーを、1キロ3000ドルで販売したロサンゼルス五輪以降、商業主義を徹底したこの催しに、もはや改善の余地はないのかもしれない。主催する側は、開催候補地に対して「オラオラ、俺たちに来てほしいんだろ?」という姿勢なのだろう。そんな「ぼったくり男爵」たちに対して、毅然とした態度で臨めないものなのか。一体何のためにこんなばかげたことを繰り返すのか。

世の中がインターネットやITの発達で劇的に変化する中、オリンピックやら万博やらカジノやらで社会を盛り上げようというセンスは、時代遅れどころの騒ぎではない。

個人的には、高校野球の甲子園のように、たとえば夏季オリンピックはアテネで、冬季オリンピックはシャモニー・モンブラン(フランス)でというように、開催地を固定してくれればいいのではないかと思う。そうすれば、巨大施設を新設せず、汚らしい賄賂や裏金、招致利権が入り込む隙間が桁違いに小さくなるのではないか。

2022年9月6日執筆

「国葬儀」、印象操作のつもりなのか

7月に行われた参院選で、旧統一教会（世界平和統一家庭連合）の関連施設にあいさつに連れて行かれても、暑くて顔を直していたので看板など見なかったからどういう団体か分からない、などと珍妙な言い訳をするうかつなのか悪賢いのか分からない人物がやすやすと当選した。一方、何十年も前から旧統一教会による被害で苦しい目に遭ってきた人たちを救済すべく活動を続けてきたジャーナリストが落選する様子を見せつけられた。もちろん選挙というものはそういうことが起きるものなので、今更大した感慨が湧くものでもない。

今秋上演する芝居「裸足で散歩」の舞台を使っての場当たり稽古が終わり、一人で東京・銀座の立ち飲みバーに寄った。カウンターの端で黙食ならぬ「黙飲」をしていると、透明なパーティションを挟んで隣に2人組の客が立った。話を聞くともなしに聞いていると、というよりも聞こえてしまうのだが、どうやら雑誌の記者仲間らしい。旧交を温めている様子で、イラクに行った思い出やら、なぜ高級時計を反社会組織の親分たちがつけているのかなど話はあちらこちらに飛ぶ。

「有田芳生なんだけどね」と、元参院議員でジャーナリストの有田氏の名前を出した。「5月かな、選挙が近いから電話がかかってきたんだけど、惜しくも落選した」ということだった。その流れで、もう一人が「当選していたら、議員の権限で、旧統一教会絡みのいろんな人を呼び出して攻められたのになあ」と言った。すると先の客が「いや、落ちたお陰で本領発揮しているんじゃないの。いろんな情報番組でこれまでの悪事とか経緯を解説できるから。立憲民主党の議員のままだったら、どこのテレビ局も呼びにくいんじゃないかなあ」などと話している。

どうせ国会はなかなか開かれないし、国会議員になって埋もれてしまうよりも、今の状況の方がいい活躍をしている、と言ってしまうと失礼だろうか。

「コクソウギ」に関する国会の閉会中審査でも旧統一教会絡みの質問は、すこぶる重要な要素であるのに、衆議院の審査では、山口俊一議院運営委員長が「本日の議題は国葬儀です」「議題から逸脱する話はしないで」と、何度も質問の妨害をする場面があった。そもそも、旧統一教会の存在や教義、行為を是認するような、首相として「逸脱した」協力をしていた安倍晋三氏は国葬に値しない、という話になっているのに、旧統一教会に関する話をあからさまに妨害するのは、とりも直さず「そこは痛いから触らないで」ということを鮮明に表している。

政治の力
だった。

岸田文雄首相とその周辺だけが使う「国葬儀」という、ある種「新鮮な」語句にも強い違和感がある。なぜこういう珍しい表現をわざわざ用いるのか。国葬だけど国葬じゃないんだよな、という印象操作のつもりかもしれないが、こんなことにだまされる国民が果たして何％いるのだろう。松野博一官房長官は記者会見で、ラジオ・フランスの記者から「国葬と国葬儀の違いは何ですか」と質問されたが「その違いについて確たることは申し上げることができない。現状の行政において、正式に国の儀式として葬儀を行う場合、国葬儀という表現をとっている」と述べた。重ねて「外国へのプレスリリースや招待状を出すときに国葬と国葬儀の英語の表記は変わるのか」と問われ、傍らに救いを求めたようだった。そして差し込まれたメモを読んで「詳細の表現等に関しては外務省にお尋ねください」と、ごまかしていた。

面白いのは、国葬に賛成している人たちの中に「『国葬』と『国葬儀』は違う。違いを勉強しろ」などと強弁する人が多いことだ。そして、おかしなことにその違いを聞かれるとまともに説明できない。それはそうだろう、国葬儀は国葬のことだ。吉田茂元首相を国葬にした翌年の、１９６８年に旧総理府が編集し、当時の大蔵省印刷局が出版した公文書にも「故吉田茂国葬儀記録」と公式に表現が記載されている。

政府の説明では「国葬ではなく国葬儀は内閣府設置法に基づいて行政権の範囲でできる」としているが、これでは「吉田茂の国葬儀は国葬ではなかった」ということになる。まともな説明も予算審議もできない税金の無駄遣いはやめてほしい。

２０２２年９月13日執筆

「網乗せ」と「取り分け」、「同じトングで」はやめてほしい

京都府宇治市の精肉・食料品店で購入した「レアステーキ」を食べた90代の女性客が9月15日に食中毒で亡くなったというニュースがあった。女性からは病原性大腸菌O157が検出されたという。この店でレアステーキなどを購入して食中毒の症状を訴えているのは22人にのぼり、京都府山城北保健所は店を5日間の営業停止処分にしたという。元々ずさんな衛生管理だったのかは分からない。京都府は「肉の中心部まで十分加熱するように」と呼び掛けているけれども、中心部まで十分加熱してしまっては「レアステーキ」でなくなってしまうので、消費者に浸透するのは難しいのかもしれない。

生の肉を食したいという欲求を持つ人は少なからずいる。レアな肉が持つ特有の食感やフレッシュな感じは病みつきになってしまいがちだ。この「レアステーキ」も、商品名はステーキだが、ほぼ「ユッケ」の状態だったという。ユッケとは肉の刺し身という意味なので、ほぼ生で食べることを前提に販売されていたのではないかと想像する。しかし、なぜ「ユッケ」と表示せずに「レアステーキ」などと言っていたのだろうか。そうすることで、販売しやすくな

るという事情があったのかもしれない。

10年前になるだろうか、北陸地方などで展開していた焼き肉チェーン店で181人の客が食中毒を発症し、5人が死亡するという惨事があった。連日テレビなどで報じられ大騒ぎになった。食肉に対する意識も急激に高くなり、街の焼き肉店からはユッケやレバ刺しなどの人気メニューが消え去った。店によっては、今でも馬肉や鯨、マグロなどをユッケの代用で提供している居酒屋もある。中には「写真、SNSは禁止ね」と言いながら、こっそり生レバーを出す店もある。

今も牛のレバ刺しやユッケを出している店からすれば、問題を起こしたチェーン店や、そこに納品していた業者が「下手を打った」だけで、何十年も無事故でやってきた私たちが何でそのあおりを受けなければならないのか、という言い分もあるのだろう。

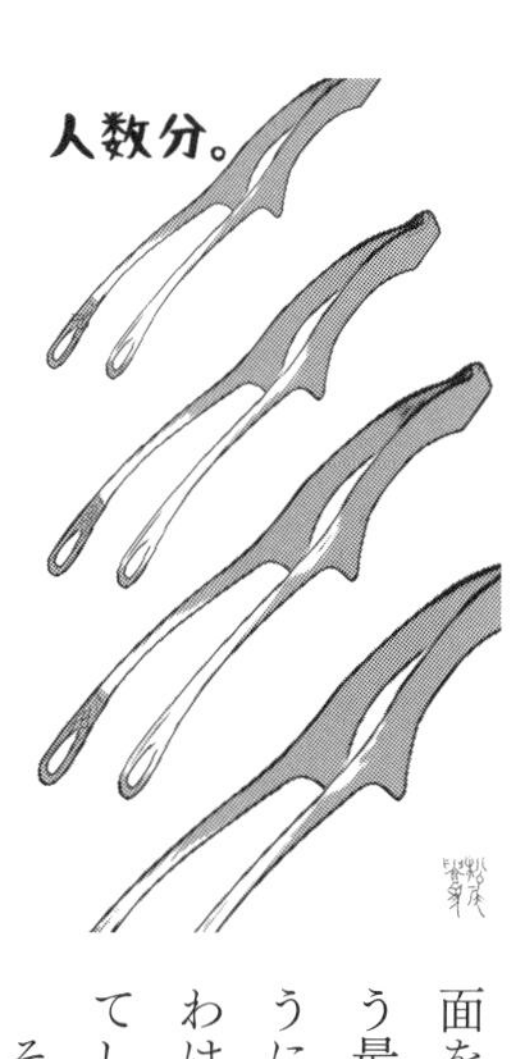

レバ刺しならぬ「レバしゃぶ」というメニュー名で、表面を焼いて召し上がれ、という店もある。火を入れるという最後の料理の工程を客に委ねるわけだから、後はどのように食べられるのか、その皿が空になるまで店員が見張るわけにもいかない。加熱して客に出すのでは人気が激減してしまうのだろうか。

そういえば、客が肉を焼く時、提供された生肉が乗った皿から焼き網の上に肉を運ぶためのピンセットのお化けのような形の「トング」という物がある。最近は、トングに出っ張りがあって置いても肉に触れる部分がテーブルの表面に当たらないものが普及している。

このトングの使い方について、長年気になっていることがある。皿から生の肉を網に乗せる時に使うのは当然だ。生の部分が残っている肉片を裏返す時などにも使う。しかし、焼き上がって取り分けの小皿に乗せる時にもそのトングを使っている人は意外と多い。生の肉を触っていたトングの先端を使って、焼けた肉を挟んで小皿に運ぶのは逆に不衛生ではないのか。食べごろになったら、取り分け用の箸を使うべきではないか。あるいは、各自の箸で取る方がまだいいと思うのだけれど、そう思うのは私だけなのだろうか。

鍋奉行のように「網奉行」のような存在がいて、片時もトングを手放さず、こちらの焼き加減の好みも聞かず「これが正解だ」とばかりに肉を焼いては周りの小皿に配りまくっている人がいる。ある時も、延々と生肉用のトングを使い続けるので「それぞれで焼きましょうか」とやんわり提案を試みたのだが、「いやいやご遠慮なく！　焼き肉屋で働いていたのでお任せください！」と押し切られてしまった。

ともあれ、生肉は業者も食べる側も、細心の注意をはらって扱っていただきたいものだ。

２０２２年9月20日執筆

テレビにあふれる「好きくない」言葉

「いつもの」と言いながら飲食店に入ってくる人がいる。「ああ、おなじみさんなのだなあ」とは思うけれど、常連であることを自慢している雰囲気がしてならない。私はいくらなじみであっても使いたくない言葉だ。「いつもの！」と言ったはいいが、店員から「何でしたっけ？」と返されたら目も当てられない。

１９８０年代に「好きではない」という意味で使われ出して、ある程度、はやったのだけれど最近全く聞かれなくなった「好きくない」という言葉がある。記憶をたどると、漫才ブームの頃に「太平サブロー・シロー」の漫才で登場したのではなかったか。個人的な感覚では、今世紀に入ってから聞いたことがないような気がしている。私はその意味通り、この言葉自体が好きではなかったが、理由は分からない。

時によって嫌いな言葉は変遷する。言葉の成り立ち自体が嫌いな場合もあるし、使われる状況自体が不快で嫌いになるということもある。最近とんと見る機会が減ったテレビから聞こえてくる言葉にも、新たな「好きくない」言葉がある。

グルメリポーターやタレントが料理を口にした途端、間髪を入れずに叫ぶ「うんまっ！」という感想が不快だ。なぜなのかは分からないが、相当の割合でこの言葉が飛び出す。「うまい」の「い」を省略するのは「さぶっ」「たかっ」「ちっちゃ！」などと同じく関西系の表現だと思うが、今では出身地に関わらず、この言葉を多用する。初めて食べる料理は、もちろん意外なうまさはあるだろうけれど、判で押したように意外な表情を作って「うんまっ！」と驚き続けるのは「こんな物、うまいわけがない」「こんな人にうまい物が作れるはずがない」という前提も含まれるので、好感が持てない。

漫才の終わり方が「もうええわ！」ばかりであることももったいない。なぜ自分たちの渾身(こんしん)の出し物の終わりが「もうええわ！」という投げやりな言葉だけなのか、不思議だ。関東の芸人も「もういいよ！」と言うけれども、作品でいうなら額縁のようなもので、おろそかにしすぎではないだろうか。「ここで終わりですよ、拍手をくださいな」という意味で定着してしまっているのだろうけれど、あまりにも多すぎるのではないか。

テレビから聞こえてくる「緊急〇〇」という言葉にも辟易(へきえき)する。ほとんどの場合、緊急性は皆無だからだ。「緊急特集」「緊急密着」「緊急調査」「緊急追跡」「緊急アンケート」「緊急参

なかなかに
ぜいたくな味わいで
ございますよ。

戦」「緊急企画」とうたい上げるが、実は緊急でも何でもなく、ただ思いつきに箔を付けようとしているものばかりだ。

「完全生放送」「完全密着」などの「完全〇〇」なども有り得ないのに平気で叫ぶ。よく「〇〇に潜入！」という企画もあるけれど、潜入とは「見つからないようにひそかに忍び込む」という意味なので、本当に潜入していたのなら不法侵入になってしまうではないか。許可を得ての取材や撮影ならば「潜入」ではない。

「号泣」という言葉にも違和感を覚える。「号」は「怒号」「号砲」「号令」など、大きな音や声を発することで「号泣」は「大声を上げて泣く」という意味だ。ところが、テレビの中では少し涙ぐむだけでもナレーションで「大号泣なんです！」と大げさに盛り上げる。私も昔その誤用に加担していたナレーターだが、録音現場で演出家に「ＶＴＲの彼女は黙って涙を流しているだけですよ」と言っても、「松尾さんが号泣と言えば号泣になるんですよ」と押し切られてしまった。

最近違和を感じたのは「閉会中審査を開催」という表現だ。開催するのに閉会中という、何か仕事をしているふりのための言葉のような気がしてならない。問題山積なのに国会を閉じていることをごまかす行為に、マスコミが加担しているような気がしてしまうのだ。まさか、政治家からの「いつもの感じで伝えて」という注文を聞いているのではないだろうけれども。

2022年9月27日執筆

「切ない」いただき物 かつての日常、戻って

公演中の舞台「裸足で散歩」も、10月9日のKAAT神奈川芸術劇場（横浜市）と、11日のパルテノン多摩（東京都多摩市）の上演を残すのみとなった。

スタッフ、出演者から誰一人、新型コロナウイルスの感染者、陽性者を出すことなく千秋楽まで務め上げることを望むばかりだ。関係者全員が3日に1度の検査を励行して慎重にことを運んできたけれど、見えない敵が相手なので祈るような気持ちにならざるを得ない。

通常であれば、稽古終わりにスタッフやキャストで会食をして酒を酌み交わし、親睦や信頼関係を育てることができるのだが、この時期は何ともし難いところがある。

終演後、知己が楽屋を訪ねてきて盛り上がるということも一切禁じられていて、差し入れの品をことづけることも原則的に無い。花が送られてきても、花屋さんに持ち帰っていただくという何とも切ないことになる。楽屋での仲間への差し入れも、食品は個別に包装されている物のみ許される。私は以前、辛口のカレーパンをよく差し入れていたのだが、手作りの店で個別包装ではないのでそれもかなわない。料理自慢の関係者が、稽古場や楽屋で皆に手料理を振る

舞うようなことも遠い思い出となっている。早く、かつてのような日常が戻ってくることを心待ちにするばかりだ。

コロナ禍とは関係のない話だが、差し入れといえば「なぜこれをくださるのですか」と聞きたくなるものを持ってこられる人もいる。いや、善意をもらっておいて不平があるわけではないのだけれど、もったいないなあと感じることが、ままあるのだ。

ファンの方による手作りの食べ物は、いかに心がこもっているものでも、出演者に届けられることはまずない。もちろん、安全上の問題だけれども、たとえ直接「人柄の良さそうな」方に楽屋口などで手渡されても、それを口にするということはない。

大量の「早めにお召し上がりください」と表示された生ものを、千秋楽にいただくことも珍しくない。最終日はご想像の通り、舞台装置の撤収、楽屋の片づけやさまざまな後処理などで大わらわなのだ。そこへ本番直前に生ものをいただいても持て余してしまう。

誕生日やクリスマス、バレンタインデーなどが公演時期に重なると、場合によっては持ち帰る荷物がたいそうなことになってしまう。

そういう意味でありがたいのは、かさばらず、日持ちのする物だ。大阪の古い知り合いであるバー店主は、観劇に来ると決まって袋入りのちりめん山椒（さんしょう）をくださる。薄くて軽く、長期にわたって役に立つもので、さすがお仕事柄の想像力を発揮されているなあと感謝している。

私が以前所属していた劇団では、お花を辞退する代わりに、その分弁当を寄贈していただくという合理的なシステムを取っていたことがあった。1万円の花代ならば、500円の弁当を20食分いただくことになる。いささか無粋なやり方だけれども、随分と助けられていたように記憶している。

そういう意味で助かるのは、缶ビールをケースでいただいた時だ。なぜかこれは無駄にしたことがない。ぜいたくを言えばビール券をいただくのもありがたいけれど、差し入れと呼べるのかどうかは疑問だ。

いただく物への願望を書き連ねているのは、それだけかつての日常に戻ることを熱望している表れであって、不満を申し立てているわけではないことを付け加えます。いや、本当に。

2022年10月4日執筆

エレベーターの足形 立ち上がるシュールな世界

「ちょっと違和感」というよりも、日常の、個人的「微細な違和感」をいくつか。

住宅街などの十字路の手前には、停止線付近に「止まれ」の文字と共に、両足をそろえた靴裏のようなデザインの表示が路面に白くペイントされていることがある。この足形に両足をそろえて乗せて安全確認をする人は、まずいない。律義な子どもがすることもあるだろうけれど、「止まるのだよ」という注意喚起のためのものだろうから、ほとんどの人は気にも留めない。

劇場や稽古場への入り口付近には「ここを踏んでください」と書かれた消毒液を染みこませたマットがよく置かれている。こちらはちゃんと踏む人が多い。どれほどの感染防止効果があるのかはイメージしにくいけれども、これほど普及しているということは統計的に効果が確認されているということなのだろうか、それとも雰囲気か。

地面や床面に新型コロナウイルスが付着していることがあったとして、それが舞い上がって呼吸で体内に侵入することを想像しにくい。靴の底面より前面や上部にウイルスが付着している可能性の方が高いのではないだろうか。もし靴底でウイルスを持ち込んだとしても、靴や床を触った手を洗ったり消毒したりせずに、食べ物を直接つかんで食べたり、はなをかんだりしなければ、感染はしないような気がするのだがどうだろう。

　公共施設のエレベーターでは、ほぼ正方形の床面に、両足をそろえた足形のサインが「このように立て」とばかりに「箱」の中心から外側に向かって、つまり四方の壁に向いて、それも壁際ギリギリに張られていることがある。壁際なので、そこに足をそろえようとすれば、重心が後ろに傾いて立っていられない。というよりも、壁に鼻か腹が接触してしまう。手すりがあれば、やはり腹が接触する。奥には車椅子の人が乗り降りする際、後方を確認できるよう鏡が設置してあるが、奥に立った人は鏡の中の自分と至近距離でにらめっこをする形になる。お互いに会話をしたり、咳などで飛沫がかからないようにしたりするという感染予防のための注意喚起だろうけれども、実際にそれぞれが忠実にそこに立つ様を想像すると、シュールレアリスムの絵のような奇異な感じがする。

　以前よく通っていた立ち食いそば店には、ボウルに刻みネギが山盛りで入れてあって、トングが添えられていた。最近久しぶりに行ってみると感染対策でこのシステムは中止しているようだが、そこに張られている注意書きに疑問を感じていた。「ネギは適量でお願いします」。そ

もそもなぜ、客に薬味を入れさせるのか。店側が手間を省く意味もあるだろうけれど、ネギが嫌いな人もいるので「欲しい方はどうぞ」ということだろう。つまり、人によって「適量」が違うのだ。注意書きが張り出されるには何かのトラブルがあったと考えるのが妥当だろうけれども、なかなか原因が想像しにくい。がめつい人が、どんどんどんどんそばの上にネギを乗せてしまって「そばが見えねえじゃねえか！」とクレームをつけたのだろうか。

一時期、ホテルの朝食でバイキングがなくなって「和食か洋食をお選びください」と聞かれ、定食状態で提供される形が採用されていた。だが、最近は客が欲しい物を自由に取ってテーブルまで運ぶ形式が復活しているところも多いようだ。対策と要望の綱引きがあるのだろうと想像する。

ＡＴＭ（現金自動受払機）で、一度暗証番号を押したり、指をセンサーに乗せたりするのを済ませて残高照会をしているのに、続けて預金を引き出す時に再び暗証番号や生体認証を要求されるのはなぜだろう。「さっき押したのに」といつも思うのだが、金融機関側の事情が想像できない。残高を後ろからのぞき見した人が「持ってやがるな、えい！」と襲い、その流れで不正に引き出してしまうことを想定……していないだろうなあ。

2022年10月11日執筆

「質問権を行使する」またもや時間稼ぎでは？

岸田文雄首相が、旧統一教会（世界平和統一家庭連合）に対して「質問権の行使をする」と表明した。宗教法人法に規定されている権限で、調査するに当たって宗教法人に法令違反等が疑われる場合、文部科学省や都道府県の職員が運営実態について報告を求めたり、質問したりできるというものだそうだ。

地下鉄サリン事件など多くの刑事事件を起こしたオウム真理教による所業を鑑みて「質問権」の規定が追加されたが、これまで行使されることはなかった。

この質問権、厳格な印象があったが、質問に応じなかったり虚偽説明したりした場合は「代表役員に10万円以下の過料を科す」という罰則がある。一説には、数千億円もの大金が信者から吸い取られ、韓国の統一教会本部に流れたともいわれる一連の事件について、罰則が「10万円以下」とは生ぬるくも感じるが、ないよりはましなのだろうか。

この「質問権行使」については、旧統一教会の被害者家族が評価しているようだが、それはこれまであまりにも何も進まなかったことに比べれば、0と1の果てしない差とも捉えることができる。

かつて自民党総裁の秘書を務めた私の知人は、岸田首相の質問権の行使についての発言を「弁慶が安宅の関で、義経の頭をたたいて見せているような話だ」と歌舞伎の「勧進帳」になぞらえて評していたが、言い得て妙である。

全国霊感商法対策弁護士連絡会は「既に旧統一教会については解散請求を行う要件が満たされており、速やかに解散請求がされるべきというものである。今から質問権行使を行うことは、徒に時間を費消し、その間に旧統一教会による被害が拡大する懸念も否定できない」といった内容の声明を発表した。

オウム真理教の一連の事件が解決を見た時、警察関係者は「次は旧統一教会をやる」との方針を述べていたのに、一切何も進まなかった。そのことについて、被害者の救済に奔走していたジャーナリストの有田芳生氏が「『政治の力』が働いた」と証言している。数十年も前から大問題になっていて、多くの被害者を生み、多くの家庭が破壊されている現状を見ても即刻解散請求すべき状況だと思うが、いまだに岸田政権は「調査を検討」などと緩く、ぬるい言い回しで時間稼ぎをしようとしている印象は拭えない。「質問権の行使」とは言うけれど、まずは「質問権行使の基準作りのた

めの専門家会議を設置する」のだという。既に解散請求する材料はそろっているはずなのに、解散命令とは別のラインにある「質問権」でけむに巻こうとしている印象がある。岸田政権が「国葬」を「国葬儀」と呼び続けたような「技法」ではないことを祈る。

前述の有田氏の言う「政治の力」とは、もちろん旧統一教会と癒着し、多大なる恩恵を得ているであろう「政権党の力」に他ならない。そして、その政権党の代表である首相が「質問権を行使して調査を検討する」と言っている。岸田首相扮する弁慶が、旧統一教会である義経の頭をフェイクでたたくという、その場しのぎの時間稼ぎによって、また国民がだまされてしまう、あるいは忘れさせられてしまうのではないかという心配が湧いてくるのも当然である。

信者の息子に銃撃され、死亡した安倍晋三氏をはじめ、自民党所属の、それもおびただしい数の政治家が旧統一教会の広告塔となったのに「知らなかった」「選挙で応援してくれるなら、どういう団体か分からなくても頼るさ」などとうそぶいている。数十年にわたって政治的なお墨付きを与え続け、被害を拡大させてきて、ある意味では共犯にも見える勢力のトップが音頭を取って「質問」「調査」をすると言っても、はたして弁慶が自らの泣きどころを打ちのめすようなことを本気でするのだろうか。

2022年10月18日執筆

「仕方がないムード」醸す　閣議決定は魔法の杖？

ここ数年で、印象が著しく悪くなった四字熟語が「閣議決定」ではないだろうか。あくまで個人の感想だけれども、共感していただける方は案外多いと思う。

安倍晋三政権から菅義偉政権、岸田文雄政権へと政権が代わる中で「閣議決定したよ」と言えばもう仕方がないようなムードを国民に与える魔法の杖（つえ）のような使われ方をしている。

そもそも、閣議決定は国の集団指導体制に意味を持たせるものだろう。「慣例」のようになり、国会で議論するプロセスに乗せると旗色が悪いことを既成事実化してしまおうという使い方では意味を持たない。閣議決定は「内閣が一致したよ」という意味であるはずなのに、首相から罷免されるのが嫌で、何にでも従う閣僚ばかりである今の内閣では、この「儀式」自体が意味を持たない。

かつては、郵政解散に反対して閣議で署名をせず罷免された島村宜伸（よしのぶ）農相や、自衛隊の掃海艇をペルシャ湾に派遣することを拒み閣議決定自体をやめさせた後藤田正晴官房長官のような、自身の信条を貫徹した政治家もいた。けれども今では首相や、その周辺のスキャンダルをごまかすために「安倍昭恵夫人は私人」というくだらない閣議決定まで、全員一致でなされるというレベルになってしまった。他にも「島尻安伊子沖縄・北方担当相が歯舞（はぼまい）の読み方を知らないという事実はない」という答弁書を閣議決定するという珍妙なものまであった。

安倍元首相が、旧統一教会（世界平和統一家庭連合）によって家庭を破壊された信者の息子に恨まれ、銃撃されて死亡したことで強行された「国葬」も、「閣議決定された」という強弁を用いることで国会での議論もなしに行われた。豪雨災害が起きて復旧作業の人員が足りないと言われる中、自衛隊を会場の東京・日本武道館に動員して並ばせた。さらに、以前の閣議決定では「私人」とされた昭恵氏が「国葬」の「喪主」を務めたという奇妙な現象は末代まで語られるだろう。

最近では、旧統一教会とのつながりが次々と発覚しては、後追いで認めることが続いた山際大志郎経済再生担当相の「事実上の更迭」が「閣議決定」されたが、これほど明らかに更迭が必要だったのに、閣議決定するのになんと時間をかけるものだろうか。

この魔法の杖を使って「紙などで発行されている健康保険証を原則廃止する」という閣議決定もあった。岸田内閣は今月、保険証を廃止してマイナンバーカードに一体化すると発表した。しかし、いくら閣議で決めてもこんな国民生活に密接に関わることを強制するわけにはいかな

閣僚だったかどうか、
おぼえておりません…。
もしそうだとしても、
何担当大臣かは……。

いのは最初から目に見えている。国会で野党議員から質問を受けた岸田首相は「マイナンバーカードによる一体化で保険証は廃止するが、マイナンバーカードを持たない人には資格証明書ではない制度を用意する」と答えた。では、今の保険証を廃止するのは何のためなのか。また新たな制度を作って予算を用い、中抜きの団体を新設するのだろうか。カードを持たない人には別の仕組みをわざわざ作るのならば、なぜ今一体化しなければならないのか。一体化がされてしまったとして、そのカード自体を紛失した時の本人確認はどうするのだろう。指紋や生体認証を管理する役所でも作るのか。

最初は「保険証も銀行口座のひも付けも運転免許証もマイナンバーカードにまとめるのだ」と主張していたのに「そうじゃない人は別の仕組みで」という、時間と人と金の無駄遣いとしか思えぬ空騒ぎは、旧統一教会の件から国民の目をそらすためなのか。

「国民の生活が第一という政治は間違っている」（稲田朋美元防衛相）という自民党の考え方は承知しているが、国を壊すのもいいかげんにしてほしい。反社会的カルト集団の主張と共通していると指摘される政策まで注目が集まる中、２兆円もの予算を投じて、マイナンバーカード取得者にポイントを与えるという愚策に前のめりになり、さらに保険証との一体化によって国民をさらなる管理下に置こうとする岸田政権には、一刻も早く退くことを閣議決定していただきたい。

2022年10月25日執筆

ナプキンがないラーメン店　マスクする前に口拭きたいのに

初めてのラーメン店に入る。口頭で注文する時もあれば、自動券売機で食券を購入する場合もある。以前は「現金のみでお願いします」という店もかなりあったが、最近では「キャッシュレスなので電子決済、交通系、クレジットカードでお願いします」と言われることも多くなった。現金を持っていても、店によってはラーメン一杯が食べられないという時代になったのだ。

店主の考え方がいろいろあるのはいいことだと思う。しかし、私はある種のラーメン店が苦手なのだ。それは、テーブルやカウンターに、ナプキンなどの口が拭ける紙類が置かれていない店だ。もちろん、ティッシュペーパーでもいい、何か口の周りを拭くものが欲しい。豚骨や背脂などの「うまい脂」が必須とも言えるラーメンを食べて、食べ終わったら脂ぎったままの唇をマスクで覆うことに抵抗感がある。「ティッシュぐらい自分で用意してラーメン店に行け」と言われればその通りなのだけれど、衝動的に食べたくなることが多いラーメンは、必ずしも自前の紙類を持ち歩いている時にいただくとは限らない。

ポケットティッシュを持っていたとしても、足元の籠に入れた荷物や、後ろのハンガーにつるしたジャケットのポケットからそれを取り出すのは気分的におっくうなのだ。

ある店でラーメンを食べて「紙ナプキンはありますか?」と聞いたら「うちはないんです う」と言われた。つい、思わず「え」と声に出してしまった。すると、店の女性スタッフが「これ、内緒で、私物ですが」とポケットティッシュを差し出してくれた。「内緒で」というからには「出すな」とあえて言われているということだろう。どういう理由でそうなっているのか、ぜひ教えてほしいものだ。

「置かない」ことが間違っているとは言わないけれど、紙類があるとすこぶる助かるのに「カウンターの上には何も置きたくない」と意思表示されているようで、不思議なのだ。美的演出を意図しているのだろうか、経費節減か。

伊丹十三監督
「タンポポ」の
大友柳太朗さん

親しみのある料理なので、辛みを足したりと、いわゆる「味変」を気軽に楽しみたいと思っても、コショウ、酢、ラー油など何も置いていない店もある。「出した状態が究極の完成系であり作品なのです。一切変えないでください」と言いたくなる気持ちも分からないでもないが、食事はそれぞれの好みに左右されるので、選択肢があるとうれしいと思う気持ちは正直なところだ。カタカナ語が不快な方には恐縮だが、そもそも私は「フレキシビリティーがホスピタリティー」という考えなので、好きに食べられるところが好きなのだ。もちろん「これが正解」というわけではなく、好みの問題なのだけれど。

日本の国民食に「ラーメン」と「カレー」を挙げれば、異論を唱える人は、まずいないだろう。それぞれの出自には、中国とインドが背景に浮かぶが、それぞれの国では日本で食べられる料理とは趣を異にするものが提供される。双方とも、日本で独自に普及し進化した賜物（たまもの）とも言えるだろう。

勝手な連想でそれぞれの違いを考えてみると、ラーメンは「様式美」「ここが肝」「体育会系」「武道」「緊張」「縦のつながり」「精神論」「矢沢永吉」「長渕剛」「集中」「道を究める」を感じ、カレーは「不定形」「みんな違ってみんないい」「文化会系」「芸術」「緩和」「横のつながり」「スピリチュアル」「山下達郎」「細野晴臣」「拡散」「勝手に遊ぶ」を感じる。もちろん個人的な感覚のゲームのようなものなので「へえ、そう感じる人もいるのだな」と思っていただければいいのだが。

日本の2大国民的料理が、両輪の関係でうまく発展しているのではないか、という妄想も湧いてくる。そして、身近な食べ物だからこそ、さらに自由な広がりであってほしい。

きっと私は今、空腹なのだろう。

2022年11月1日執筆

「支持率に一喜一憂しない」…国民の声を聞かないってこと？

いつの頃からだろうか、時の政権関係者の口から「支持率に一喜一憂しない」というお題目が唱えられるようになったのは。私の記憶では、小泉純一郎氏が首相だった時には既に使われていたような気がする。

どこか標語のような響きで、何か深い教訓が備わっているような字面だけれども、本当にそれでいいのだろうか。国民が仕事を「評価してくれている」「信頼してくれている」ということを喜ばしく思い、「評価してくれていない」「信頼してくれていない」ということを憂えるというのが、政治家として当たり前の感性ではないかと思うのだが。「選挙で議席をもらったのだからこっちのものだ」と、まるで全権白紙委任でもされたかのような了見だとしたら、有権者としてこれほど腹立たしいことはない。

河野太郎デジタル相が、テレビの情報バラエティー番組で「次の選挙まで時間がある。支持率で一喜一憂しないのがいいと思う」などと述べた。取りも直さず「国民が文句を言っても取り合う必要も、声を聞く必要もない。しばらくはやりたい放題やらせてもらえばいい」という意味をはらんではいないか。

河野氏は「短期的には苦しいけど、長期的には国のためになることもある」「正しい政策を打っていれば、その効果が出てくる。その効果を待つ」という文脈で言ったのだが、「短期的」どころではなく、ここまで国力が弱くなって国民も疲弊している中で、どんな政策の効果をじっくり期待すればいいのだろうか。選挙までは時間があっても、国民の生活は待った無しのぎりぎりのところにある。

「国のために」の国とは、統治機構としての国なのか、国民のことなのか。おそらくは前者を指しているのだろうと推察する。「しばらくは選挙がないから」とは言っても、時間をかけてもいいということではない。こんなことを言いつつ、内閣支持率がジリ貧化している岸田文雄首相をじっくり傍観して、自民党内に自分への待望論が膨らむのを期待しているようにしか見えないが。

アベノミクスというまやかしなどで8年近くも自民党は圧倒的多数の議席を保持してきたのに、どのような「効果」が表れて、そしてどれだけ悲惨な現状になったというのか。菅義偉政権も岸田政権もアベノミクスを継承してきたではないか。岸田内閣の不支持の理由と考えられる、旧統一教会（世界平和統一家庭連合）との断っても断っても断ち切れない癒着によって、政

策までが旧統一教会の言いなりになっているフシがあるのに、関係を断ち切る「効果」が出るのを座して待たねばならない国民の声などに耳を傾けるそぶりもない岸田首相は、一体どこに向かっているのだろうか。

岸田内閣は「強制ではない」と言っていたマイナンバーカードについて、現行の健康保険証を廃止し、マイナンバーカードと一体化させるという天下の愚策を進めようとしている。「マイナンバーカードを持てない人たちはどうするのか」と突っ込まれると「その代替になる仕組みを作る」のだという。それならば保険証廃止によって余計な仕組みや組織を作って無駄金を使わずに、今の制度を継続すればいいだけのことだろう。

一方、自民党は、山際大志郎前経済再生担当相の辞任から4日後に山際氏を党新型コロナウイルス等感染症対策本部長に起用するという、全くもって国民をなめ切った行為をやらかした。山際氏並みに国民も記憶力がないと見くびっているのか、それとも党内にばかり気を使って国民がどう思うかなど知ったことではないということなのか。

そして、経済的に弱っている人に大きな負担がかかる消費税について、この経済状態なのに増税しようという議論を受け入れているのは狂気の沙汰であるとしか言いようがない。これでも内閣を支持する人が3割もいることに驚かされる。

権力者の言動に「一怒一憂」している国民が増えていることに、「一憂」のかけらさえ持たない政権は、一刻も早く終わっていただきたい。

2022年11月8日執筆

「男気」が褒め言葉となる世界観が苦手

またぞろ、私の苦手な言葉シリーズである。

私は「男気」という言葉が苦手だ。「漢気」とも書くようだが、「漢」は「大食漢」「正義漢」「熱血漢」の「〜男」を表す文字だ。ジェンダーレスとか、男女平等とか、そういう観点からではなく、それを褒め言葉のように使っている世界観が苦手なのだ。

最近まで一時通っていたカウンターバーがあって、そこにある国会議員が来るようになった。党や事務所のスタッフとおぼしき人たちと来て、声高に、自分たちがしている政治がどれだけ大事かという話を聞こえよがしにしている。バーの女性スタッフに「今日は何時までなの？終わったら飲みに行こうか」などと声を掛けることもある。「お客さまがいらっしゃる限り店におります」などと軽くあしらわれてはいたが。

その人が来ると空気が濁るような感じがするので関わり合いにならないようにしていた。彼がいない時に店主は「○○先生は男気がある」という話をしていた。私にはまるでそのようには感じない人物なので、結構なお金を落としていくのだろうと想像した。新聞社の旧統一教会

（世界平和統一家庭連合）との関係などを尋ねるアンケートで、回答を拒否した人物だが、後ろめたくないならば正面から回答すればいいのに、何を逃げているのだろうか。「男気」が聞いてあきれる。遭遇する頻度が上がり、その店には行かなくなってしまった。

この「男気」という単語は、前時代的な、江戸っ子を「粋でいなせな人だねえ」と褒めたようなニュアンスなのだろうか。それよりは洗練された印象は希薄だけれども、少々武骨でもリーダーシップを持っている人に対する表現なのだろう。「ダンディズム」という言葉は元々、貴族に憧れて身なりや言葉遣いであやかろうとした中産階級を半ば揶揄する皮肉な要素をはらんでいたとも聞くが、逆にこの「男気」がアイロニー（皮肉）として使われるようになるのならば歓迎する。

もう一つ、苦手な言葉を。

反省反省　反省反省

何かを話している時に「はいはいはいはいはい」と言う人が苦手である。以前にも「ええ、ええ、ええ、……ええ、ええ」と同じ相づちを繰り返す人について書いたことがあるが、「はいはいはいはい」については、また別の不快感がある。

「〇〇する時がありますよね」などと話していると、「はいはいはいはい、ありますねえ、僕もこの間～」と受け取るように話し出す人だ。話し出すことには問題がないのだけれど、こちらを黙らせるために、とりあえず内容のない「はいはいはいはいはい」を発するのである。

この「はいはいはいはい」が何であるかを考えると、意味というよりは「俺にしゃべらせろ」という記号のようなものだと思う。テレビのトーク番組などで、タレントが多用する。「その話のボール、一度こっちにパスして」というタイミングで使われることが多いのだが、多すぎて耳障りなのだ。貪欲というか、がめついというか、「くれ、くれ、出番を俺にくれ」という物欲しさが浅ましく感じられる。

昭和のいる・こいるの漫才には「はいはいはいはい」「しょうがないしょうがないしょうがないしょうがない」という繰り返しがひっきりなしに出てきて、同じ言葉を繰り返す人の滑稽さを表現していた。突っ込まれると両手を手刀のような形で向かい合わせて上下に振りつつ「反省反省反省反省」とまた繰り返す。令和の現在、このおかしみを楽しめない一抹の悲しさはある。

さらに「まあまあまあまあ」という言葉も「苦手語」だ。この言葉が口癖の人も少なくないが「自分だけが冷静」「君、落ち着けよ」「とりあえず飲みなさい」という時に出てくる、これまた記号的な言葉なのだ。自分だけが大所高所からものを見ているような、見下した感じがどうにも不愉快だ。いや、あくまで個人の感想なのだが。反省反省反省。

2022年11月15日執筆

国民見くびった言い訳、あまりにも低レベル

岸田文雄政権の閣僚が次々と辞めさせられている。

旧統一教会（世界平和統一家庭連合）との関係が明らかになっていた山際大志郎前経済再生担当相は、ネパールで行われた教会関連団体のイベントに招待されて出掛けたにもかかわらず、費用負担については「記憶がない」「資料がない」と否定した。なぜ資料を廃棄したのかについては「２００９年の選挙で落選を経験。事務所を引き払って手狭なアパートの一室に移ることになり、資料の処分に数年間かかった」などと苦労話にすり替える訳の分からない言い訳をしていた。自民党はそんな彼を、更迭から４日後に党の新型コロナウイルス等感染症対策本部長に任命するという鈍感さで、国民の意識などどうでもいい様子だ。

葉梨康弘前法相は、旧統一教会関連の月刊誌のインタビューを受け、記事が掲載されたことについて「旧統一教会系の雑誌とは全然知らなかった」と述べたが、一般社会で広く知られている事柄をとぼける言い訳に驚かされる。

「法相は、朝、死刑（執行）のはんこを押す。昼のニュースのトップになるのはそういう時だ

けという地味な役職だ」などと語った問題では「発言の真意は違う」と無理な言い訳をする。しかし、この手の発言を過去にも何度かしていたことが分かって「発言の切り取りだ」という言い訳もきかなくなり、旧統一教会問題との合わせ技で更迭となった。「ご不快な思いをさせた」と言っていたが、不快で辞めてほしかったわけではなく、法相として不適格だから辞めるべきだったのに印象をずらそうとしている感じが「ご不快」だ。

葉梨氏の問題発言は武井俊輔副外相の会合での発言だった。武井氏は、乗っていた車が人とぶつかった際、運転手に「行ってしまえ」と言ったというが、それを「逃げろという趣旨ではない」と言い訳した人物だが類は友を呼ぶのか。

やっと総務相を更迭された寺田稔氏だが、辞任前に記者から、国民が説明に納得するかを問われ「私が接する国民はほとんどが地元の方々だが、激励をいただいている。『正直に説明していて感心した』という声しか私は聞いていない」と強弁していた。地元と支持者のことしか考えない政治屋が総務相という職責を与えられる岸田政権である。それも、元財務官僚で税務署長だった人物の弁だ。

辞任ドミノの4番手と目される秋葉賢也復興相は、旧統一教会だけでなく「影武者」を使っ

ての公職選挙法違反の疑いが問題になっている。「（選挙運動中、次男が秋葉氏の名前の入ったたすきを着けて立っていたのは）私のためを思って知らないうちにやってしまった」とほほ笑ましい親子の情愛の話にしようとしたが、美談でもなんでもない。そして、親に地元事務所の家賃を支出していたという問題も発覚した。

寺田氏の辞任でお鉢が回ってきた棚ぼたの松本剛明（たけあき）総務相は就任早々、国会で居眠りをした言い訳が「目が大きいほうではない」という抗弁だったが、あっさり謝罪することになった。

岸田首相には閣僚の任命責任どころか「選挙運動費用収支報告書」に添付した90枚以上の領収書に宛名もただし書きもなしなどの資料不備があったことが発覚した。出納責任者の確認漏れだと言い訳したが、３桁に届こうかという数で、不正だということは明らかではないのか。会社や個人がこんなことをしたらどういう扱いを受けるのだろう。

このところの自民党関係者の言い訳は、あまりにも低レベルであきれるばかりだ。しかし、彼らの言い訳が稚拙なのではなく、彼らは、この程度の言い訳でけむに巻けると国民を見くびっているのだ。

「統一教会」トップを称賛するメッセージの映像まで送っていた安倍晋三元首相と教会の関係について調査しないことについても、岸田首相は、安倍氏の「死」を言い訳に「限界がある」と、はなから調べもしない。単に国民をなめきっているとしか思えない。

2022年11月29日執筆

第5章

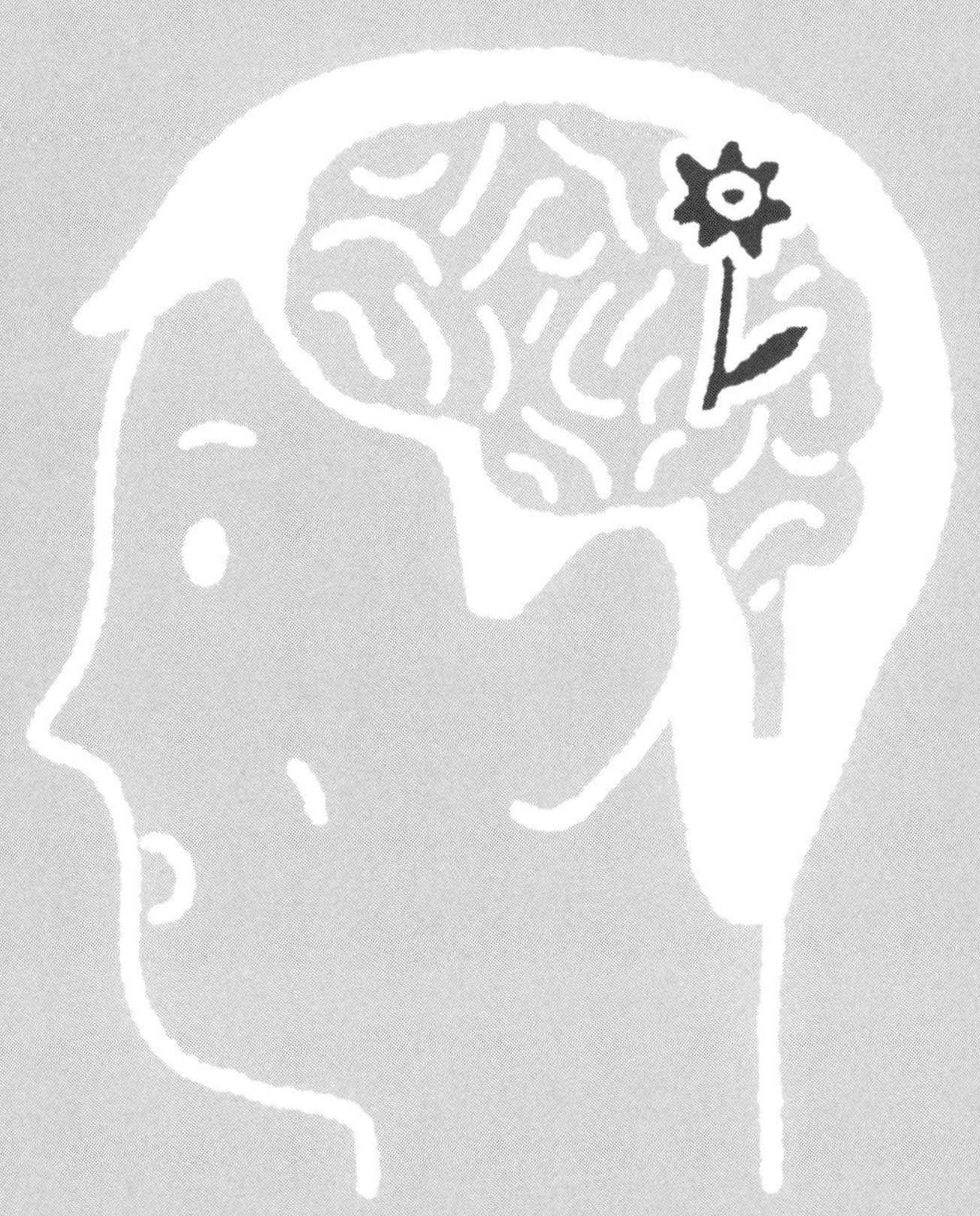

2022／12〜2023／3

税金をまっとうに使いたい 議員報酬は出来高制に

日本の国会議員の報酬は、1位のシンガポール、2位のナイジェリアに続いて世界で第3位の高水準にあるという記事を読んだ。諸手当を含めると、世界1位だそうだ。民間企業の給料であれば、その人材の必要度や専門性の高い知識と経験、業務の出来高などを考慮して得られる額面が変わってくるものだと考えるが、日本の国会議員のレベルというものが、世界的に高水準な報酬に値するものなのかどうか、疑問に思うところが多い。

ご存じの通り日本の経済成長率は世界で157位という。政治屋たちはいったい何をしているのかという状況である。平均賃金も日本だけと言っていいほどに30年間もほとんど変わっていない。少子高齢化の問題は40年以上も前から叫ばれていたのに、フランスのような子供を産み育てやすい環境づくりを怠り、ステレオタイプの「家庭」の形にこだわって、古来の伝統でもなんでもない夫婦同姓を押し付けている。

「家庭」といえば、反社会的なカルト集団としか思えない団体の協力で当選できた議員も数多い。ある筋からのご意向さえあれば有利な比例名簿順位を与えられ、議員になれる。公人でありながら差別発言を繰り返すような下劣な人物が、政務官をやっているような状況である。
そもそも国会議員らは、義憤や正義感、国民の役に立ちたいという使命感で務めるものではないのか。であれば最低賃金でも、国民のために汗を流したいという人にしか仕事を委ねたくない。その給与レベルでは生活に困窮し、賄賂をもらってしまうリスクもあるだろうから、一般通念上の平均より少し多めの給料でもいいだろう。だが、そうなると「さらに」優秀な人材が集まらなくなるのだろうか。

イギリスの首相の年収は日本円にして約２０００万円だそうだが、岸田文雄首相の年収は約４０００万円と聞く。国会議員の大事な仕事は文字通り国会で議論をすることだが、国会に出席せずとも年間約２０００万円という高額報酬をもらえ、領収書を公開しなくともいいという調査研究広報滞在費（旧文書通信交通滞在費）が１２００万円ある。合わせて約３２００万円という年収と、それ以外の収入を得ることができる状態はいかがなものだろうか。東京・赤坂の一等地にあって、周辺の家賃相場では月60万円もするぐらいの高級マンションと呼んでもいい議員宿舎に、月12万円台で住めるという特別待遇まで用意されている。

国民の所得は減り続け、物価も高騰しているのに、消費税の税率を上げようという狂気の沙汰の議論を始めようと

所得倍増は、所得２倍という意味ではない。

する勢力もある。予算が足りない、財源がないと言いながら、自分たちの報酬だけは自分たちで上げることを決めるという、猫に鰹節の番をさせるような状態だ。

議員報酬を出来高制で決めるというのはどうだろう。経済成長率、子供の出生率、軍事衝突のなさなどを数値化して計算し、国会議員の報酬を割り出す。直接何かが解決するわけではないけれども、国民感情を逆なですることは少なくなるのではないか。

こういうことを言うと「国会議員の報酬に文句をつけるなら、どうして自分が議員にならないのか」などと冷笑を浮かべる人もいるけれど、自分たちの納めた税金がまっとうに使われることを公人に求めることに何の「文句」があるのか。とどのつまりは、報酬は高くてもいいが、それだけの額に見合った仕事をしてくれればいいだけなのである。

子供6人に1人が貧困にあえぎ、全国におびただしい民間の善意による「こども食堂」が存在するのに、先進国面をして海外に予算をばらまいて体面だけを保つ。「こども食堂にお邪魔しました。おいしかったです」などとSNSに投稿して悦に入る能天気議員もいる。彼らの無能が、本来なくてもいい「こども食堂」を存在させるのではないか。時代遅れの役に立たない武器をアメリカの言い値で爆買いをしているが、そのうちのほんの一部で子供の貧困や教育の問題を多く解決できるというのに、全く優先順位を誤っている。

2022年12月6日執筆

議員の世襲、そろそろ終わりにしないか

旧統一教会（世界平和統一家庭連合）との癒着を記者会見でただされて、「統一教会に手伝ってもらったというよりは、メンバーの方にお力をいただいたということだ」という不思議な言い訳をしていた記憶も新しい岸信夫前防衛相が、先日、次期衆院選に立候補せず引退する意向を表明した。「次の選挙は難しい。病気の治療に専念したい」のだという。どうか、安静に暮らしていただきたい。

政治家を引退するのはもちろん自由なのだが、秘書で、最近までフジテレビの社員だった長男の信千世（のぶちよ）氏を「後継者」にしたいという考えも地元の後援会幹部との会合で述べたという。次の世代に期待を抱くということ自体は当たり前だ。80代になっても地位にしがみつく老醜を多く見せられている昨今、貴重なことだと思ったが、自分の息子に地盤を譲る権利を有するような物言いにあきれてしまった。

街の食堂が後継ぎに息子を推すというような私的な話ではなく、国民の健康と生活と生命を守る公職を息子に譲るという尊大な発想はいったいどういうものだろうか。政治を家業、稼業

にしてしまっていいはずがない。先進国の中でも飛び抜けて世襲議員の割合が多い日本国だが、岸氏の息子については、周りから押し上げられるムードはなく、逆に地元の政界も戸惑いを隠せない様子だという。

こちらの一族は私が見るところ、さまざまな公的なものを私物化してきた印象を強く持っているが、臆面がないというか、含羞がないというか、これほどあからさまに世襲宣言されるというのは、山口県の有権者や国民全体がいかになめられているかということではないだろうか。

いつも指摘することだが、世襲議員の割合が増えるということは、縁故主義がはびこり、利権の構造を受け継ぐ割合がどんどん増えていき、彼らやその周辺の「富の固定化」がより頑丈になっていくということだ。生まれてこの方、何の不自由もなく、腹を減らして困窮した経験もない環境で育った権力者の子供が、地盤、看板（知名度）、カバン（資金）を背負って選挙の公認を受け取って、当選後にのさばる時代は、そろそろ終わりにしないか。もう既に先進国とは言えない要素が多すぎるこの国だが、こんなみっともない政界は変えていかないと、さらに衰退は加速し、国が奈落に落ちていくだろう。

世襲議員には、政治資金規正法違反事件の捜査の中で、不正の証拠隠滅のためにパソコンを

このあたりで、
譲りたい。

ドリルで破壊したと疑われた議員、旧統一教会との関係の何が問題か分からないと答えた議員、今よりずいぶん物価が安い時期にカップ麺1個の相場を聞かれて「400円ぐらい？」と答えた議員らがいる。不公平に対する義憤や正義感などみじんも感じられない人物が多い。これも私の主観だが、客観的な見方でもあると思う。

政治家の世襲について「職業選択の自由だ」と強弁する人もいるが、富と権力の固定化の原因であることは極めて明らかだ。権力が長らく同じところにあると、社会が停滞し、必ず利権の温床となり、不正も多くなる。親の世代の不正は、近親者が権力を受け継げば、証拠の廃棄や隠蔽が連綿と続いていくことになる。ましてや、一族と旧統一教会との強い結び付きが明らかになっている中での世襲宣言には、めまいがするほどの驕（おご）りを感じる。

小選挙区になってからというもの、世襲候補者の勝率は、そうでない候補者の勝率に比べ、数倍の差がある。世襲候補者は、せめて家族や親類が議席を持つ選挙区から100キロ以内にある選挙区からは立候補できないといった規定を作るべきではないか。なぜできないのか。

しかし、当事者であるにもかかわらず怒らない選挙民が、一番痛々しい。

2022年12月13日執筆

敵基地攻撃能力、無意味で破壊的な発想だ

謹賀新年……。

そうは言っても、これを書いているのは２０２２年12月27日なので、明けましたらおめでとうございます。日本が、どんどんときな臭い状態になってきて、物騒な雰囲気が充満し、なぜか勇ましい言葉が飛び交うようになってきているので、素直に喜んでいられるかどうか、この時点ではなんとも言えない。

安倍晋三政権の頃から「日本を取り戻す」などという、あおり気味のスローガンが出てきた。しかし、自分の政権で実現すると豪語していた拉致被害者を奪還するための交渉も外交努力も、やった形跡もないまま、政治家たちの青いバッジだけがむなしい「やっているフリ感」を醸し続けている。

「日本を取り巻く安全保障上の環境が厳しさを増している」などという口実で、岸田文雄政権は、アメリカから武器類を言い値で買わされ、貢ぎ続けるためとしか思えないのに、増税までするると言い出した。

国民自らの責任として。

防衛費を5年で43兆円に増額するとは、自分の金でもないのによくも無遠慮な大盤振る舞いができるものだ。安全保障環境が厳しさを増しているのはお互いのことであって、それは外交で解決すべきものなのに、外相経験者でもある岸田氏はミサイルを並べて「撃ってこようとしたら反撃するもんね」という雰囲気で、抑止力を高めるという詭弁を弄(ろう)している。

なぜ、ファイティングポーズをとれば、相手が攻撃してこないと思い込んでいるのだろうか。握手の手を差し出せばもっと攻撃されるリスクは小さくなるのに、拳を振り上げるばかりで、自分からいさかいの口実を与えているようなものではないか。「敵基地攻撃能力」などという無意味で破壊的な発想がまともに議論されるような国に成り下がったのは誰のせいだろう。そのための増税の言い訳に「国民自らの責任において」などというまともな人の神経を逆なでするようなことを口にする尊大さは何だろうか。

攻めてきた、攻めそうだ、だから敵基地を攻撃できる。それで得られる安心などみじんもない。敵基地を攻撃したとして「日本を攻撃してくる国」は、ピンポイントの爆撃で収まるはずがない。その「敵国」には、さまざまな地域に攻撃能力の高い基地がいくらでもある。日本が「反撃」と称して攻撃を始めれば、別の基地からの攻撃を受けて、日本の大都市はあっという間に焦土と化すだろう。日本海側にずらりと並ぶ老朽化した原子力発電所にミサイルを撃ち込まれれば、焦土どころか人の住めない放射能汚染の国土になるだけだ。

少子化対策担当相なる役職が作られたが、16年には出生数が100万人を割り込み、22年は80万人を切りそうなところまできてしまった。本当に対策を考えているのかどうか。40年以上前から「高齢化だ」「少子化になる」と騒ぎ続けているのに、そのほとんどの期間で実権を握っている自民党は何の効果的な方策も取らず、工夫もせず、そして問題を理解すらしようとしない。

子供を産み育てやすい仕組みや知恵は、アメリカから買う武器の何十分の一の予算で賄えるのに「少子化支援のための財源がない」などとうそぶいている。どこが「少子化対策は最重要課題」なのか。子供が減るどころか、何百万人単位で人口が減る戦禍を引き起こすリスクを高めるために巨費をつぎ込もうとしている、歴史的愚挙に一心不乱ではないか。

どこぞの反社会的に思える宗教組織の支援を受けたいがために「家庭」の形に拘泥し、選択的夫婦別姓にすら抵抗し続ける。出産育児一時金をわずかに増額したからといって、それを聞いて「よし産もう」と思う人がどれだけ増えると思っているのか。そのあまりにもいびつな想像力は、自分たちの利権にしか発揮しないようだ。

2022年12月27日執筆

立憲離れ自民推薦で出馬へ「自己実現」の道具なのか

寄らば大樹の陰か、長い物には巻かれろか。

２０２１年の衆院選岐阜５区に立憲民主党から出馬して落選した今井瑠々氏（26）が、離党届を出したことを明らかにした。そして、近いうちに自民党に入党し、４月の岐阜県議選多治見市選挙区に自民党の推薦を受けて立候補する予定だという。

このあからさまな寝返りには苦笑するしかないが、立憲は相当の打撃を自覚しているようで、党内に大波が起きているようだ。多くの所属議員もＳＮＳでさまざまな反応を見せている。

今井氏は「非自民」を旗印に活動してきたそうだが、彼女のところに集まって支援していた人たちはどう感じているのか興味深い。そもそも、自身の中に使命感や義憤のような「芯」があったのかどうか疑問だ。彼女にとって、政治家になるというのは「政治を正したい」「世の中を良くしたい」ということよりも、就職活動の意味合いが大きかったのだろう。議員でいることが重要で、どういう考えで何をするのかということは二の次でなければ、所属政党を簡単に変えることはできないのではないだろうか。いわゆる含羞のかけら、臆面の一つもあればできないところだが、移籍先からそれ以上のインセンティブが示されたのだろう。若さということもあって、海千山千の組織に取り込まれた感は拭えない。

野党第1党の立憲の枝野幸男前代表が昨年、21年の衆院選について「消費税減税を公約にしたのは間違いだった」と発言した。党としては既に国会に「時限的消費税減税法案」を提出してはいるものの、その公約を前提として投票した有権者への背信行為ではないか。また、乃木神社（東京・赤坂）に参拝して物議を醸した泉健太代表や、現執行部は外交・安全保障政策について「反撃能力保有の容認」などの態度を示しており、自民党との違いがどんどん希薄になっている。また、「政府3文書の『反撃能力』には賛同できない」とする代表声明は出したが、「国会での議論や国民的合意がない」という過程を問題にしているだけのようだ。

立憲は、連合との関係も含め、このところ「自民党の組織力と資金力がないバージョンの党」に成り下がってしまうのではないかという雲行きだ。そんな組織で「総支部長」などに就いて国会議員になれないでいるよりも、より確かな組織力のある党の県会議員になる方が生活も安定すると考えるのは、一人の若者の自己実現のビジョンとしては当然なのかもしれない。

泉代表は、政権交代を本気で考える意志も迫力も示さない。さらには、キャッチフレーズで

万物るる転。

「身を切る改革」を叫ぶが身を切らせるのは市民だけにしか思えない日本維新の会との共闘をほのめかすという、反自民、反維新の受け皿だった自党の存在意味すら曖昧にしてしまう不思議路線に向かおうとしている。

今井氏の離党表明については、立憲の大串博志選対委員長が「自民党推薦候補として出馬するという考えも伝えられているが、これは（略）多くの党員、協力党員、パートナーズ、支援者・支援団体の皆さんの期待を二重に裏切る背信行為であり、有権者の理解が得られるものではない」と批判し、今井氏に対する党本部の対応は常任幹事会で決めるというコメントを発表した。

辞めていく、それも次の受け入れ先が決まっている人にどんな「処分」を申し渡すのか見ものだけれども、それよりももっと重責にある現代表や、影響力の大きい前代表の言動にも、有権者の理解が得られないものがないか精査していただきたいものだ。今井氏については、有権者の理解が得られなければ県議選で落選し、得られたならば当選するという分かりやすい結果が待っているが、代表や前代表は衆院の解散がなければ3年近くその「採点」は行われない。

2023年1月10日執筆

阪神・淡路大震災から28年 防災、意識し続けたい

この原稿を書いているのは2023年1月17日、阪神・淡路大震災からまる28年がたった。あの日、午前6時に電話でたたき起こされた私は、受話器の向こうから響く母の金切り声に少しいらついていた。

「私は大丈夫やから！　私らは大丈夫やから！」

東京・渋谷のアパートで深い眠りに就いていたので、何が起きたのかもまったく分からないまま「大丈夫」と言われても、「大丈夫やったらええやんか」としか言えずに、そのまま電話を切ってしまった。二度寝をしようと試みるもうまく寝付けず、起き上がって何という気はなしにテレビをつけて見た。大阪の駅前にあるビルの屋上で、クレーンのようなものが横倒しになっている。ニュースのアナウンスで「大阪が震度4」だったと告げている。

さっきの母の「大丈夫」は、地震のことだったのだ。慌てて電話をかけ直すも、次につながったのは午後2時を過ぎてからだった。当時は情報網もインターネット環境も今から比べれば原始的だったので、神戸などの情報がなく、大阪のニュースとして始まっていたように思う。

ところが、おそらく関西テレビの報道ヘリコプターだと思うが、ダミ声の記者が、神戸の方向へ飛びつつリポートしているのを聞いているうちに、大変な光景が画面に映し出されてきた。国道43号の頭上を走る阪神高速道路が横倒しになってしまっているのだ。

あちらこちらで火の手や煙が立ち上り、おびただしい建物が崩壊、倒壊している。ＳＦ映画でも見たことがないようなスケールで、大規模な空襲にでも遭ってしまったかと思うような惨状が繰り広げられていた。モノクロームの報道写真でしか見たことのない光景がテレビに、カラーで立体的に映し出されていた。

「高架道路の橋脚はもろくも傾き、
道路はひん曲がって、
何百台もの自動車を……」
小松左京「日本沈没」より

食料や日用品などの物資が不足し、便乗値上げしようとしたスーパーは相当に批判された。一方、多くのボランティアの皆さんが寒い中、被災地支援で大変な働きをしてくれたのを覚えている。作家の田中康夫さんは、原付きバイクで被災地を走り回り、後回しにされがちな、しかし実はとても大切な、ストッキングや化粧品などを届けておられた。行政のトップダウンではできないことだと感心させられたものだった。

地震の翌々日、持ち得るだけの物資や母の血圧を下げる薬などを集め、段ボールを小さなキャリーカートに乗せて、ようやく飛行機に乗れた。飛行機を降りる時に、持ち込んだ折り畳み自転車を忘れた乗客がいた。客室乗務員の「お客様、自転車をお忘れです」という声を聞くのは、後にも先にもこの時だけだろう。

空港からの交通機関が寸断されていて途方に暮れたが、在阪の映画プロデューサー、吉鶴義光さんの厚意により阪急電鉄の蛍池駅まで車で送ってもらえた。そこから十三（じゅうそう）駅で乗り換えると階段があるので、終点の梅田駅まで行って同じ階層で乗り換え、やっと西宮北口駅まで行くことができた。

駅から線路沿いに東に向かって数分歩いたあたりに実家のマンションがあったのだが、がれきや地割れを避けながら進むので30分ほどかかっただろうか。とにかく部屋の中はめちゃめちゃな状態だった。食器棚やタンスは、どうにかして夫婦で起こしたようだが、改めて確認すると、食器棚前面のガラス板や、中の食器は一切割れていなかった。50インチのテレビが1・5メートル、父が言うには「ずれた」のではなく「飛んだ」とのことだった。

両親が住んでいたマンションは、地震の揺れの方向に沿ったような、長い造りだったことが幸いして、建物へのダメージはほとんどなかったが、近くに住むいとこの長男は、がれきの中で8時間も救助を求める声を出していたにもかかわらず、事切れてしまった。私が学生の頃からお世話になった画家の津高和一先生も、夫婦で亡くなったことは後で知った。

震災での出来事を挙げると切りがないが、ともすれば忘れがちな防災意識を持続させねばと、改めて感じる季節だ。

2023年1月17日執筆

夫の会社に家宅捜索　身内案件の説明には消極的？

「国際政治学者」という肩書を知ったのは、いつごろのことだろうか。時期は判然としないけれども、人物と肩書がリンクしたのは舛添要一氏だったような気がする。大学の助教授だった頃から討論番組の「朝まで生テレビ！」などに出演し論客として頭角を現したのか、とにかく売り出して参院議員になったり、厚生労働相になったりした。その後は東京都知事まで務めたが、彼の職業は、といえば国際政治学者だと迷うことなく思う。

日本人の国際政治学者といえば、小此木政夫氏、目加田説子氏、五百籏頭眞氏、村田晃嗣氏、猪口邦子氏、高橋和夫氏、藤原帰一氏、亡くなった高坂正尭氏らが思い浮かぶ。彼らがどのような研究実績を積み上げたとか、どのような主張や論理を展開していたかなど、全く分からずに「テレビで見たことがある」という程度での認識しかない。だから、顔が映った時、画面の下などに名前と肩書や、近著が示されることで「訳知りの人が呼ばれているのだな」と刷り込まれることになる。その肩書でテレビによく出ているから「国際政治学者なのだ」と知るだけだ。その分野の第一人者が出るのがまっとうな人選だろう。

しかし、ここ数年さまざまな番組に引っ張りだこだった、三浦瑠麗（るり）氏という「国際政治学者」もいる。私が「自称」と付けると、まるで実はそうではないような印象も生むので控えるが、彼女の論評や発言を知ると、実際は果たしてどのような学術の実績があったのだろうかと不思議に思う時もある。しかも、タレントの不倫などの通俗的な話題や国際政治と全く関係のないテーマでも発言するようになって、テレビ局側は「タレントの一人」として捉えているのではないか、と感じることも多くなった。週刊誌によると「朝まで生テレビ！」には6年以上にわたって78回も連続で出演していたという。

しかし、最近になって三浦氏の夫が経営する太陽光発電投資会社が、兵庫県での太陽光発電施設の建設計画への出資に絡んで、詐欺容疑で東京地検特捜部の家宅捜索を受けたという騒ぎが勃発した。元々この建設計画そのものが進んでおらず、10億円をだまし取ったとして、出資した会社側から刑事告訴されてしまったのだ。

三浦氏は自身の公式サイトで「私としてはまったく夫の会社経営には関与しておらず、一切知り得ないことではございますが、捜査に全面的に協力する所存です。また、家族としましては、夫を支えながら推移を見守りたいと思います」とのコメントを投稿した。しかし、家宅捜

競馬ですったのと同じ。

索を取り上げた記事や報道番組によれば、夫の会社は彼女の運営する研究所と同じ住所で、会社と研究所が登記された日付も同じだという。夫婦は別人格ではあるのだが、全く無関係だという主張には信じがたい印象がある。「夫を支えながら」は、これまでもそうだったのであろうと思わせる言葉であり、これまで事業内容を全く把握していなかった、ということは考えにくいのではないか。

彼女は、２０１９年3月に、ツイッターで「太陽光発電にはダメな業者がたくさんいる。それは事実であり取り締まっていくべきです。ただ、一部の業者が無責任であったことをもって電源全体をけなすのはナンセンスなのです」と投稿している。まるで約4年後の夫に起きた出来事を予見していたのではと思ってしまうような刺さり方をするコメントだ。

一部報道によると、投稿した時期は太陽光発電施設の建設計画の進捗（しんちょく）が芳しくなくなっていた時期だという。３カ月後には、融資を持ち掛けられた会社が10億円を振り込んでしまった。翌年12月には、三浦氏が政府の成長戦略会議で、カーボンニュートラルを具体化するための提言を行い、太陽光発電と蓄電池の組み合わせで賄うのが現実的などという主張もしている。

東京地検特捜部が家宅捜索をしたということは、疑惑について確信があるのではないだろうか。三浦氏には、自身の公式サイトでコメントを発表するだけではなく、今回こそ論理的な説明を求めたい。

2023年1月24日執筆

鈴木邦男さん逝く　ものごとの是非を教えてくれた

岸田文雄首相が「育児休業中のリスキリング（学び直し）を後押しする」という不可解なことを言い出した。子育ての実際について、ほとんど関わってきていない高級官僚や政治家がいかにも思いつきそうなシュールな物言いで、子育てをしているお母さんたちからの大きな反発も招いているようだ。

参院代表質問で、自民党の大家敏志参院議員からの提案に対する岸田首相の答弁だった。「育休中にリスキリングしろと言っているわけではなく、リスキリングしたい人には産休中、育休中の人も含めて支援する、という意味だ」と擁護する向きもあるけれども、ではなぜその余裕のある人から支援をするのか。少子化対策を最重要課題だと言っている割には「学び直しの支援は子育て中の人も入れてあげますよ」という、「ついで」のような取り組みにしか聞こえない。そしてその「ついで」しか聞こえてこないのは、岸田首相の表現下手のせいなのか。子育て支援の一環という扱いならばまだ分かるが、一向に効果的な対策が出てこないこと自体に問題があるのだが。本当に岸田首相の頭は「異次元」にあるのではないかと思ってしまう。

「愛国者に気をつけろ！」

為政者がとんちんかんなことをのたまう中、鈴木邦男さんが亡くなった。右派の論客として知られ、民族派団体「一水会」を創設した鈴木さんは、本当に国を愛する人だった。彼を見ていると、思想的に右だ、左だなどというレッテルは何の意味もなく、右派と呼ばれる政治家たちの行状にも苦言を呈し、まっとうなことを言っている左派と深く交流し、何が大事なのかということを盛んに啓蒙してくださっていた。権力者におもねることで居場所を確保した気になって、平和を重んじる人たちを見下すような言動をする人たちが「保守」を気取っているが、鈴木さんの長年の活動を見て恥ずかしくないのだろうかとも思う。いいことはいい、悪いことは悪いとはっきり明快に教えてくれる稀有な存在だった。

初めてお目にかかったのは、１９９０年代の半ば、東京・渋谷の青山円形劇場でやった舞台をご覧になり、終演後に演芸仕掛け人の木村万里さんからご紹介いただいた時だった。内容にいささか不謹慎な部分があったのでおっかなびっくりだったが、「いやあ、面白かったですよ」と褒めてくださったのを覚えている。

その後、作家の佐川一政さん（故人）を紹介してくださったり、鈴木さんと心理学者の岸田秀さんと私の３人で新宿のロフトプラスワンで、社会に「ツッコミ」を入れるトークショーを何度かやらせていただいたりした。開演前の楽屋に「ロス疑惑」事件で有名だった三浦和義さん（故人）が居座って、手伝ってくれていた女子学生を口説き始めたことに驚き閉口したが、鈴木さんは穏やかにほほ笑ましく見守るばかりだった。

鈴木さんの発案で打ち上げをすることになり、世田谷のすし屋で盛り上がった後、お酒が極端に弱いはずの鈴木さんが「楽しいなあ、もう一軒行きましょう」と言い出した。私が「住宅街なのであまり飲食店がありませんが」と言ったのだが「あそこにカラオケがありますよ」という流れで、おじさん３人でカラオケボックスに入った。

「松尾さん、何か歌ってよ」「そんな、大先輩を差し置いて」などと譲り合っているうちに、岸田さんが「じゃ、私が皮切りに」と歌い出されたのは、私が生まれるよりも前に大ヒットした春日八郎の「お富さん」だった。この歌は芝居をテーマにしていて、私たちが聴くとのんきな印象を受けるけれども、歌詞の内容に反社会的な印象があるというので、ＮＨＫで子供が歌うことの是非を問う討論番組まで組まれ、社会問題になった歌だった。

それじゃあ、と鈴木さんが高らかに歌ったのが「紀元二千六百年」だった。昭和15年が皇紀２６００年に当たるとする説から、当時盛んに歌われたけれど、肉声でこの歌を聴いたのは初めてだった。

鈴木さんに「松尾さんの番ですよ」と言われ、選曲に悩んだ私が歌ったのは、ジローズの「戦争を知らない子供たち」だった。

２０２３年１月31日執筆

「投票率上げなくていい」足元がぐらつくからだろう

栃木県会議員を50年以上もやっている板橋一好という人物が、昨年末の県議会の県政経営委員会で「投票率を上げなくてもいい。関心のない人に投票させたらロクな結果にならないから」と発言していた。県側から、若年層の投票率向上案が報告された際の発言で、「関心のない人には投票してもらいたくないのが本音だ」とも語った。

選挙に関心がない人が多いのならば関心を持ってもらうことが重要なのは議論の余地もないはずだが、長年にわたって権力側に居座っていると、選挙での成功体験なのか、既得権益を守りたいのか、こういうゆがんだ発想がこびりついてしまうのだろう。森喜朗氏が首相だった時に「(選挙に)関心がないといって寝ていてくれれば」という趣旨の発言をして大問題になったことがあったが、同じ発想だ。長く権力の側にいると感覚が腐敗していくのだろう。

もちろん「顔で入れた」「テレビで見たことがあるから入れた」というような程度の「関心」で投票する人がいることは承知している。その最たる例が昨今話題のガーシー（東谷義和）参院議員だろう。しかし、もっとも「話題だから投票した」という現象の恩恵にあずかっているのは自民党ではないのか。旧統一教会（世界平和統一家庭連合）の関連施設に連れていかれて、「化粧を直したりしていたので、どんな団体なのか知らなかった」などという珍妙な言い逃れをする元アイドルの参院議員が誕生するのが「ロクな」ことなのか。そもそも、選挙に関心があれば政治の問題点に気づいているはずだろう。むしろ、関心のない人たちは多い割合で、こういう人たちを投票先に選んでいるのではないかとすら思ってしまう。

まっとうな政治家ならば、多くの有権者に関心を持ってもらうべく努力して政治活動をし、投票率を上げて、その中でいかに多くの人々の賛同を得るかを考えるべきだ。それなのに板橋氏は「投票率を上げなくてもいい」という考えで13期も「政治屋」をやってきたこと、あるいは栃木の人たちがそれを容認してきたことにただ驚くばかりだ。

自民党栃木県連の副会長を務めている人物だそうだが、国民一人一人が持っている選挙権を行使しない人が過半数もいる今の状況を憂えるどころか、目先の利益しか頭の中にないのだろう。どう考えても失言、というよりは本音なのだろうけれども、居直って「撤回はしない」のだそうだ。この発言を不問にする自民党という組織全体の考えも、実は同じなのだろう。低投票率のおかげで多くの議席を占めているのが現在の連立与党の姿なのだ。

統一教会の何が悪い？

板橋氏は、旧統一教会の関連団体である世界平和連合栃木県連合会の代表も務めていた。この件について記者から問われると、「別に悪いことをしている感覚はなかった」「我々が見て問題がある活動とは思わなかったから」などと反論していた。テレビの情報番組では「統一教会の何が悪い？」とも言っていた。

本人は代表を続けたがっていたが「旧統一教会との関係を絶つ」という自民党の方針に反するとして辞任させられたそうだ。「党の方針なので付き合いは遠慮するけど、冷静な判断ができるようになれば状況は変わってくると思う」などとも語っている。まったくもって問題が分かっていない様子だ。なるほど、しがらみで集まる組織票のありがたみを嫌というほど知っているのだろう。投票率が上がってしまうと、自分の足元がぐらついてしまうということだ。こんな認識の人物が当選13回、50年以上も議席を占めることになってしまっていること自体が、「ロクな結果ではない」のではないか。

2023年2月7日執筆

ニンニク禁止 なかなかに偏屈では?

「我が家では、ニンニクを料理に使うことは一切許さない」

ある芸能一家のあるじは、それを家訓の一つとしているそうだ。なんとまた窮屈な決まりだろうと、人ごとながらそのご家族を気の毒に感じる。その理由というのが「人前に出る職業だから、においが残る食材を避けよ」ということらしい。

例えば、その日に「接吻(せっぷん)をする予定」がある人が、自主的にガーリック類を避けるのは自由だと思うし、気を使う相手と対面での打ち合わせがあるから直前のスパゲティ・アーリオ・オーリオ・ペペロンチーノは避けよう、という行儀は、日本ではまっとうなものかもしれない。しかし、ニンニク自体を許さない、という発想はなかなかに偏屈ではないだろうか。

当のご家族は、あるじが遠方への出張でいなくなる日を選んで、みんなで手作りギョーザを楽しむのだと語っていた。ギョーザ好きの私からすれば涙ぐましい話だ。ご主人はなぜにそこまでニンニク嫌いになったのだろうか。

食後の香りが気になるからといって、香味野菜の王様と言ってもいい存在のニンニクを敵視

2月29日は にんにくの日 だから、4年に1度。

することに少なからず違和感がある。古代エジプトの奴隷たちも滋養強壮と殺菌を目的として頻用していたと言われるもので、世界中の料理に使われる汎用性の高い野菜だ。古事記や日本書紀にも当時使用されていた記述があるという、日本人にもなじみの深いものである。

イタリア料理はもちろん、四川、上海、広東料理などの中華料理全般、エスニック料理にも不可欠だ。ことにインドカレーなど、まずニンニクとショウガがなければ始まらない。焼いても、蒸しても、煮ても、みじん切りにしても、おろしても、薄切りにしても、揚げても、しょうゆや酢やみそに漬けても、さまざまな魅力を発揮してくれる優秀な食材だ。

子どもの頃、野菜なのになぜ「ニク」なのだろうと不思議に思っていたが、仏教用語の「忍辱」の読みからきているようだ。一説には、その刺激やにおいを忍んで食べて健康を増進させよという教えで「忍辱」と表現されたという。違う説では、逆に「憤怒」や「情欲」を増進させてしまうので禁忌として扱われていた、とある。成分の「アリシン」が交感神経を刺激して高揚感が生まれるとも言われており、後者の説が正解なのかもしれない。

作曲家の團伊玖磨氏は、自身のエッセー「パイプのけむり」の中で、気合を入れるために朝、生のニンニクをガリガリかじる習慣がある、と書いていた。学生の頃、それを読んで「絶対に近づきたくないおっさんだ」と思ったが、今では、私自身が休みの日ならば試してもいいとすら思っている。

ニンニクには害虫よけ効果や殺菌作用も期待できるという。目に見えない病原菌を知り得ず、伝染病が悪魔、悪霊によってもたらされると思われていた時代に、菌を運んでくるハエなどを寄せ付けないニンニクは「魔よけ」と認識され、戸口などにぶら下げられていた。吸血鬼ドラキュラがニンニクを嫌がるという伝説は、そういうところから生まれたものだろう。

最近の研究では、抗がん作用のある食品に挙げられているそうだ。交感神経を活性化させ、熱エネルギーを燃やしやすくし、抵抗力も付けてくれる。健康増進にもダイエットにも役立つ。また、血管を広げ血流をよくし、血栓ができるのを防ぐ効果もあるという。

家庭での栽培も簡単で「スーパーマーケットで買ってきたニンニクをそのままプランターに植えても育つ」とも言われている。冷蔵庫に一定期間置いておけば、出した時に発芽しやすくなるという。

昭和の漫才で「赤信号みんなで渡ればこわくない」という言葉がはやったことがあるが「ニンニクもみんなで食べればくさくない」のではないだろうか。いや、やっぱりくさいか。

2023年2月14日執筆

配偶者を相方と呼ぶ人たち ちょっとずらして照れ隠し？

最近、配偶者や恋人のことを「相方」と表現する人が多く見られる。この呼び名がはやったのは、関西のお笑い芸人が、相棒のことを「相方」と呼び、その言い方をテレビなどでもストレートに使うことが多くなって、視聴者がまねをするようになったからだろう。トーク番組などでは家庭の裏話や楽屋の暴露話のような内輪ネタが多くなり、猿のように手をたたいて盛り上がるぶざまなシーンには脱力するのみだが、そんな中で使われる言葉の一つであることは確かだ。「相方」は、昔から存在する呼称だけれど、私的な関係をコミカルに表すことでちょっとずらして、照れを隠しているのではないか。

照れといえば、私の知人の作家は、離婚した前の奥様のことを『オードブル』と久しぶりに会った」などと言っていた。最初は何のことか分からなかったが、話の内容からそうであることは想像ができた。「コース料理の最初に食べる物」に例えるなんて可哀そうだとも感じたが、「前菜」と「前妻」の単なるだじゃれだった。

彼氏・彼女というと、男・女で分けているので、抵抗を感じる人もいるのだろうか。夫・妻、旦那・カミさん、主人・家内、婿・嫁などは、少しずつ時代にそぐわない表現になってきているのかもしれない。私が学生の頃、不良ぶった友達が付き合い始めたばかりの彼女のことを「うちの嫁」と紹介するので「学生結婚しているのか」と面食らったことがある。関西の不良ぶった若者が好んで使っていた表現だが、最近はどうなのだろうか。

テレビなどで家族の話をする時に「うちの奥さんは」という男性タレントがいる。柔らかく優しそうな響きだけれど、なぜ「奥」なのかを考えると、不自然なものが残る。女は家にいるもの、という前提でなければこういう呼び方にならないだろうが、既に昔から定着してしまっている言葉なので廃れることもないだろうし、積極的に廃止しようという動きも起きにくいだろう。もちろん、気にする人もいるのではないかと想像してしまう。

昭和の時代には「うちのハズ（ハズバンドの略、夫）」「ワイフ（妻）」と英語で気取ることによって照れ隠しをしている人もいた。今聞くと気恥ずかしいが、今も存在するのだろうか。

昨今はジェンダーレスが当たり前になってきて、これからお互いの呼び名も変わっていくのだろう。公的な届け出には「配偶者」と書くことが多いが「うちの配偶者は」などと言えば妙に事務的、無機的で冷たい感じもする。日常的には「パートナー」という言葉が便利かもしれ

うちのカミさんが
知ったら、そりゃもう
大騒ぎですよ……

ない。「相方」と同じく仕事上なのか、生活上なのかが分かりにくいが。

以前、東京都知事選に立候補した、テレビドラマ「3年B組金八先生」のモデルでもある、教育評論家の三上満氏は、奥さんのことを「つれあい」と表現していた。奥さんからも同じく「つれあい」と言われていたとかで、温かい響きだが性差を感じないのがいい。

コミカルかつ自嘲的に「うちの山の神が怖いもので」などと話す人も見掛けなくなったが、山の神を省略して「カミさん」という言葉が生まれたのかもしれない。米ドラマ「刑事コロンボ」の、額田やえ子氏による「うちのカミさんが」という翻訳はつくづく名訳だと感じる。一説には「奥さん」の「奥」は、いろは歌の「有為の奥山今日越えて」の「山」の上に「奥」があるので、ワンクッション置いて「山の上」で山の神となり、省略されたのだという。真偽は分からないが、昔の人の生活には、いろはが今の何倍も密接だったであろうから、うなずける説だと思う。

結婚生活も長くなると、男女ともに「パパ」「お父さん」「ママ」「お母さん」という呼び名に変化することも多いようだが、少子化の一途をたどる、子供を産み育てにくい社会になってしまった日本では、その傾向も廃れていくのだろうか。

2023年2月21日執筆

湯の完全入れ替え年2回 掃除もそれだけってことに…

福岡県筑紫野市の老舗旅館「二日市温泉　大丸別荘」が、公衆浴場法などに基づく県の条例で週1回以上必要とされる湯の完全入れ替えを、社長の指示で年2回しか行わず、レジオネラ属菌が一時基準値の3700倍も検出されたそうだ。重ねて、消毒用塩素の注入も怠っていたことが分かった。

家庭用の循環式浴槽（24時間風呂など）で、レジオネラ属菌が繁殖した問題が過去にも取り沙汰されたことがあった。この菌は温度が20度から50度あたりで増殖する性質があるそうで、温泉などはまさに温床となるのだろう。発熱や肺炎などを引き起こす恐れが高く、重症な場合は死に至ることもあるという。

大丸別荘の問題は、旅館の利用者が体調不良を訴え、医療機関で細菌感染症「レジオネラ症」と診断されたことが端緒となった。県保健所の検査で基準値の2倍のレジオネラ属菌が検出されたが、旅館側は、その後の独自検査で基準値を超える菌は検出されなかったとして営業を再開。しかし、県保健所の再検査で基準値を大幅に超える菌が検出された。旅館側の無責任さにはただあきれるばかりだ。

多くの温泉旅館などは、ここ数年のコロナ禍で経営が厳しい状態になっているだろうから「貧すれば鈍する」で、判断力が低下してしまっていたのかもしれないが、言い訳にはならない。

大丸別荘を運営する会社の社長が記者会見を行い「レジオネラ属菌はあまり大した菌ではない、という認識だった」と釈明した。温泉旅館の経営者ならば、ある意味「専門家」ではないのか。客が重病になるかもしれないというのに、その認識のいいかげんさには愕然とする。全く素人の私でもその危険性を知っているが、安全性よりも経費節約を優先したのではないだろうか。この旅館は、ホームページで「源泉掛け流し」をうたっているのだが、なぜこれほど菌が繁殖したのだろう。

数年前にも、岩手県の温泉旅館で日帰り入浴に訪れた客が死亡するということがあり、その時の検査では、最大で基準値の６２００倍を超えるレジオネラ属菌を検出したという。やはりその旅館のホームページにも「源泉掛け流し」と紹介されている。循環式の温泉なのに「源泉掛け流し」と表記していたならば、法律や条例上の問題はないのだろうか。そして、客が温泉を訪れる前に、源泉掛け流しか循環式かを見極める方法はあるのだろうか。「あの旅館のお湯は塩素臭がするから循環式だ

よ」という知ったかぶりをする人がいるけれども、掛け流しであっても安全のために塩素注入をしているところは多い。

大丸別荘では、濾過（ろか）して循環させる装置があったということだが、少なくとも2019年以降は塩素を適切に注入していなかったのだという。湯の交換についても、社長がこの頃「お湯の入れ替えは盆と正月だけでいい」と社員に指示を出していた。

私の印象では、循環式の「温泉」は塩素注入が必要だろうけれど、源泉掛け流しの場合はその必要がないと思っていた。しかしそれは勘違いのようで、湯の流入量が少なかったり、湯量が潤沢でも客の数が多くなったりするとレジオネラ属菌は繁殖してしまう恐れがあるようだ。大丸別荘が塩素を使用しなかったのは、社長が「塩素のにおいが嫌い」だったからだという。この社長は「スーパー銭湯や、よその温泉に行くとものすごい塩素のにおいがする。塩素はくさいと頭に染みついていた」「塩素を入れる法律の施行以前から風呂はあり、我々は子どもの頃から入っていた」などと語っていた。

掛け流しでも循環式でも、週1回の湯の入れ替えや消毒は必要だ。掛け流しでも湯を空にして清掃を行わなければ、レジオネラ属菌は繁殖するのだ。それはそうだろう、年に2回しか湯の入れ替えをしないということは、年に2回しか掃除をしないということで、想像を絶する不潔さではないか。

2023年2月28日執筆

放送法の「解釈変更」コメンテーターの条件とは

安倍晋三政権下の礒崎陽輔首相補佐官（当時）が放送法の「政治的公平」に関する解釈変更を求めた経緯を記録したとされる資料を、立憲民主党の小西洋之参院議員が公開したことについて、松本剛明総務相が7日の記者会見で「全て総務省の行政文書であることが確認できた」と認めた。２０１４年から15年にかけて報道番組でコメンテーターらがそろって同じ主張をしていたことを問題にして、政治的公平性に関する解釈の変更を求めたという内容を含むものだ。

小西参院議員は総務省の職員からの内部告発であることを明らかにしているが、岸田文雄首相の周辺は「捏造だ」「正確性、正当性に疑義」などと言っている。だいたい、約80ページにも及ぶ「怪文書」を捏造する労力は誰が持ち合わせているのか。総務省の職員はそれほど暇なのか。そして、捏造をして彼らに何の得があるのか。

放送法の政治的公平性について「放送事業者の番組全体を見て判断する」というのが総務省の見解だったが、16年に示された政府見解で「一つの番組でも判断できる」と変節してしまっている。その時期や内容から見ても「圧力」があったことは事実ではないか。当時総務相だった高市早苗経済安全保障担当相は3日の参院予算委員会で「文書が捏造でなければ議員辞職するか」を尋ねられると「結構ですよ」と啖呵（たんか）を切ったが、原稿を書いている7日時点ではそれを実行するという話は聞こえてこない。

丸と四角のレンズという個性的な眼鏡をかけてキャラクター作りにいそしんでいる大学教員が、テレビの情報番組のコメンテーターとして「活躍」している。彼はインターネットのトークショーで「どうしたら高齢化とさまざまな人生のリスクを軽減できるだろうかということを考えて、たどり着いた結論は集団自決みたいなことをするのがいいんじゃないか。特に集団切腹みたいなものをするのがいいんじゃないか、ということです」「ある年齢で自ら命を絶ち、自らが高齢化し老害化することを事前に予防するというのは、いい筋なのではないかと」などと発言した。「いい筋」だという自画自賛が不気味ですらあるが、正気でこんなことを大勢の人が見聞きする場所で言えるとは驚くべきことではないか。これらの発言を聞いて、人口爆発によって食糧難が起きる近未来を描いたSF映画「ソイレント・グリーン」を思い出した。ある年齢で、老人たちは工場で緑色の食品にされてしまうというおぞましい物語だった。

高齢化に関する差別発言は、多くの方面から反発を呼び、海外のメディアも批判的に論評し

ているが、日本のテレビ局はほとんど問題視していないようだ。なぜこのような人物を起用するのかについて、テレビ局のプロデューサーが「個人攻撃や政権批判をしないといった一定のラインを守ってくれれば」という条件のようなものを説明した記事があった。「政権批判をしない」という条件があるのは驚愕ではないか。報道機関としての職務を放棄している。現状追認や政権擁護のコメンテーターだけを番組で並べて、視聴者に考えるきっかけすら与えない。この10年ほどでテレビの報道は、これほどまで劣化が進んでしまっているのか。

集団切腹といった発言の主は「議論のための隠喩だった」と弁解しているが、彼の長年の持論であって確信した上での発言ということは確かではないか。人の尊厳を「生産性」だけで語る人物は現職の国会議員にもいるが、集団切腹といった発言には怒りよりも発言の主の品性の低さを哀れむばかりだ。

議論のための抽象的な比喩だとしても「高齢化とさまざまな人生のリスクを軽減させる」と言っているのだから、ある意味で具体的な暴言だ。医療費や社会保障費を削りたいのだろうと思わざるを得ない岸田政権の提灯持ちとしての誘導なのだろうか。そうであれば、その物言いも放送法解釈変更後のテレビで重用される理由としてうなずける。彼もまた、政権が生み出してしまった存在なのだろうか。

2023年3月7日執筆

緊急事態条項　国の権限強化は悪い冗談

作家の大江健三郎さんが亡くなった。知の巨人であり、日本文学の最高峰と言うべき作品を執筆されていたが、執筆活動の傍ら、日本国憲法を守る啓蒙活動もしておられた。「憲法9条こそが日本の安全保障である」ということを、分かりやすく伝えていた。社会に閉塞感があると「なんでも変えてしまえ」というムードが湧きがちだが、それに警鐘を鳴らしてくれていたのだ。こういう時だからこそ、あまねく国民一人一人に健康で文化的な生活をする権利があることを権力者に約束させてくれている憲法を、権力者が自分たちに都合良く変えようとすることに、内容も考えずに力を貸すようなことはしてはならない、と教えてくれていたのだ。

巷間、テレビのニュースやワイドショーでは、ワールド・ベースボール・クラシック（WBC）で大谷翔平選手を筆頭とした選手たちが活躍している話で持ちきりだ。暗い材料ばかりの日本に、彼らが一筋の光を与えてくれていること自体は素晴らしいが、その陰で、国会では、あのナチスドイツが利用して世界の惨状を招いた悪法「全権委任法」と同質の「緊急事態条項」を憲法に新設する話が進行している。都合のいい時だけ野党のふりをする日本維新の会や

憲法九条は
私たちの安全保障です。

国民民主党が、国民を守る憲法を毀損したり停止させたりする力までも政権に与えてしまう恐ろしい企てに加担するという展開になっている。

維新や国民などは条文案をまとめる方針ということだが、そもそも緊急事態条項というのは、国家緊急権に基づいて、戦争、災害、恐慌などに対応するため、国家権力を特別に強化させるという性質のものだ。緊急事態の宣言が発せられた時には、国民それぞれの基本的人権は奪われ、公権力による非人道的なことが日常的に行われる恐れがある。

「でも緊急事態ならば仕方がないだろう」などと思う人もいるだろうけれども、内閣の都合で何度でも「緊急事態」を延長することも条文に定めれば可能になる。当時、先進的な平和憲法だと言われたワイマール憲法下で、ナチスが強大な力を手に入れたのも同じ図式だ。

そもそも「戦争が起きやすい方向へ誘導している」としか私には思えない岸田文雄政権が、緊急事態条項を手に入れたら何が起きるだろうか。憲法の重要条項で、永久に戦争を放棄することがうたわれているのに「戦争への対応」で「権力を強化」するという矛盾は何だろうか。恐慌が起きるとすれば、もちろんさまざまな要因があるだろうけれど、その原因の一つは長い間政権の座についている自民党の失政であると感じている私としては、こんなばかげた権限強化は悪い冗談でしかない。

また、災害時の対応でも、2018年の西日本豪雨の深刻な被害が明らかになる前に「赤坂自民亭」などという懇親会で浮かれていた人たちにどんな権限を与えると言うのか。東日本大震災での原発についての教訓をまるでなかったことのようにしようとしている岸田首相に、どんな権限強化を許すのか。

盗人に追い銭どころの話ではない。何度も言っているが、これは憲法改正ではなく、大きく後退、劣化させる憲法改悪なのである。全ての法律の根本にあるのが憲法であり、それに基づいて今日の社会が成り立っている。大きな犠牲を払った敗戦の反省に立って、私たちは平和を享受することが許されているのだ。

大江さんは、先日16年の歴史を終えたNHKのFMラジオ番組「トーキング・ウィズ・松尾堂」にも、快く出演してくださった。録音の前日には、私の前芸名「キッチュ」にまつわる伊丹十三監督との思い出をしたためてファクシミリで送ってくださり、感動した思い出もある。

今一度邂逅を、と切望していたけれども、かなわなかった。

哀悼。

2023年3月14日執筆

能楽の語り、昔の方が速かった

東京・新宿の紀伊國屋サザンシアターで開幕した舞台「七人のおたく」が、大阪・梅田のサンケイホールブリーゼで大千秋楽を迎えた。一色伸幸（いっしきのぶゆき）氏の原案で、30年あまり前にウッチャンナンチャン、江口洋介さん、山口智子さんらの出演で映画化された作品で、この度、舞台化されたものだ。おたく7人が自己実現のために集結して、挫折しながらも正義に目覚めていく、おたく版の「七人の侍」「荒野の七人」とも言える群像劇だ。私は密漁で島を牛耳る反社会的実力者で、彼らの敵役だった。

本番通りに予行演習として行うゲネプロの時には上演時間が総尺で90分という比較的コンパクトなものだったのだが、最終の公演では中身だけで１００分を超えることになった。その日は最後のあいさつを出演者全員が１人ずつしゃべったので、２時間を超えるステージとなった。

通常は、芝居のテンポが良くなって上演時間が短縮されていくことが多いけれども、今回の舞台では、主人公のおたくと先輩格の元おたくのやり取りの場面は二言三言のやり取りで済むところを、ほぼ10分間を費やすようになっていた。寄席の持ち時間でいえば、ほぼ１組分だ。

往年のコント55号ばりに「そうじゃない」「違う」「要するに何だ」「つまりは」などとこねくり回して、たった一言「ジオラマ」という単語を引き出すために、10分程度の時間をかけるのは相当に胆力とセンスが必要だと思うのだが、お客さんも大喜びで、ある種の名場面のようになっていた。

今日はどうなるだろうと、私を含めた共演者は楽屋のモニターから聞こえてくる丁々発止に笑い転げた。もちろん、芝居全体の味わいを壊すことになるようなものなら演出家は黙っていないので、これは珍しい成功例なのだろう。

もう鬼籍に入られたが、歌舞伎界のスターが自ら座長を務める舞台で、本番前に「今日、銀座で彼女を待たせてるからさあ、『15分巻き』な」と関係者に通達を出した。つまり、芝居のスピードを速くして、その演目の上演時間を15分縮めろというのだ。いやいや、果たしてそんなことが可能なのかと思ったら、実際にせりふのテンポを上げて、長ぜりふを立て板に水のように語る「外郎売（ういろううり）」さながら、本当にやり切ってしまったのだ。ところが客は違和感を覚えることなく、大満足で劇場を後にしたのだという。歌舞伎は「なぜこれほど冗長にやるのだろう」と感じるものも少なくないので、出し物によってはそれも可能なのだろう。

能楽も「昔の人は情報量が少なかったから、これほどの単純な内容をこれだけ時間をかけて楽しんでいたのだろう」と思っていた。ところが、能の語りのスピードは、江戸時代では時間にして今の9割程度で、よりテンポが速かったそうだ。最近知ったのだが、これは意外だった。もっと驚いたのは、室町時代中期までさかのぼると、上演時間は現在の半分以下の長さだったというのだ。「見たのか」という疑義も湧こうが、当時の上演記録は多く残されており、上演開始から終了までの時間に照らし合わせると、客観的事実として立証されるのだという。

なぜ上演時間が長くなっていったのかというと、ここからは研究者の推測の部分もあるだろうけれども、細部の表現を洗練させて工夫を凝らしていく過程で、それぞれをじっくりと表現するようになっていったからだという。また、ある人に言わせると「権威主義を重んじた結果だ」という。両方とも正解なのではないかとも思うが、昔の方が今よりもリアルなテンポで演じられていたというのは驚きだ。

2023年3月20日執筆

「ブリロの箱」騒動 狙い通り、ウォーホルの勝ち

鳥取県が２０２５年春、倉吉市に開館する予定の鳥取県立美術館の主要作品の一つとして、ポップアートの最高峰とも言われるアンディ・ウォーホルの作品「ブリロの箱」5点を、およそ3億円で購入した。すると、県民の一部から批判が起きているという。

鳥取県に県立美術館がなかったというのは驚きだが、日本一人口が少ない県（約54万人）という認識はあったので、ようやくできてよかった、という感想を持つ。ちなみに、東京都世田谷区の人口は90万人を超えている。少し前の話だが、都道府県の中で唯一「スターバックスコーヒー」がないことでも有名だった。県知事が「スタバはないけど日本一のスナバ（砂場）はあります」と発言して話題になった。便乗したのだろうか、境港駅から延びる「水木しげるロード」の途中には「すなば珈琲（コーヒー）」というカフェができていた。その後、県内にスターバックスができてしまって、ネーミングの意義が薄れていなければいいのだけれど。

さて、ウォーホルの作品購入についての批判は、どう捉えるべきなのだろうか。まず「どこが美しいのかわからない」という批判についてだが、これは論外だろう。芸術作品が、全ての

人に理解できる美的価値を有すると思うこと自体がおかしい。どこが美しいのか、という程度の人に美術の意義を説くのは一苦労、というよりも無駄・徒労と言えるだろう。誰もが「美しい」と感じる造形など、現代美術にとってはどうでもいいことかもしれない。

「金の使い道として適切なのか」という批判については、まず芸術に値段を付けることがどれほど難しいかということから議論しなければならない。三十数年前に大阪市がのちに開館する大阪中之島美術館のために、約19億円でモディリアーニの「髪をほどいた横たわる裸婦」を購入し、やはり「無駄遣いだ」と批判された。ところが現在の評価額では1桁増えているという。文化の振興は、わかりやすい見た目や認識では判断できない発想や想像力が必要なのだろう。

「なぜ五つも必要なのか」というのは、やはり無理解から生まれた批判だろう。ウォーホルにとって、大量消費文化を批判的に風刺するのはライフワークとも言えるテーマだった。だからこそ、自身の死後にも「同じ物」を作ることを許可していたのだ。複製された物がたった一つぽつんと置いてあっても表現の意図が伝わりにくくなるので、5個でも少ないぐらいだと捉えるべきかもしれない。キュレーターや学芸員がしっかりと理解しているだろうから、まずその人たちの解説を聞いてからの批判でも遅くないだろう。「ただの箱に3億円」と言うが「ただの箱」であることが重要なので、

そういう概念から説明しなければいけない学芸員は気の毒だ。

「鳥取県と縁もゆかりもない」という批判はどうだろうか。もちろん、縁があればそれはそれで素晴らしいし、そういう意図で購入すること自体に異論はない。もしも民俗博物館のような施設であれば、鳥取地方に伝わる文化財や民芸品を展示して、歴史的な価値の大きな世界観が構築できる地域だろうけれども、美術館でそれを主軸にするのは至難の業ではないか。土地に縁があるものしか許されないのならば、「縁がある作品」をどのようにそろえて集客ができるのかを想像してみてほしい。

こんな予想を立てるのは下衆（げす）かもしれないけれど、ある期間所蔵し、それを売却する時にはさらに高く売れて「益」が出ると思うので、決して無駄遣いにはならない。今回の賛否両論で、鳥取県立美術館に足を運ぼうと思った人も少なくないだろう。私もその一人だ。

皮肉なことに、この事案を批判した人たちのおかげで波紋が広がり、騒動になって議論を呼んだ。つまりは、狙った通りの事象を起こした「ウォーホルの勝ち」ということだろう。

2023年3月28日執筆

「違和感」対談

茂木健一郎 × 松尾貴史

俺が違和感そのものだった

茂木　『毎日新聞』日曜版での連載「ちょっと違和感」は、何年続いているんですか？

松尾　２０１２年にスタートしたので、もう12年目になりますね。

茂木　すっかり名物コーナーですよね。

松尾　名物にうまい物なしって言いますから。

茂木　返しの反射神経がさすがです（笑）。

松尾　今回はその連載をまとめるにあたって、ぜひ茂木さんと「違和感」をテーマに対談したいと思ったんですよ。僕にとって茂木さんは、言葉、話の中身、その行動自体、なにもかもが面白いから。

茂木　世の中、違和感だらけですよ。でも、最近になって気づいたんです。日本の社会においては「俺が違和感」だったんだって。

松尾　（爆笑）。でも、そこらじゅうに違和を覚えるからこそ、茂木さんの意見は貴重なんじゃないですか。とくに今の日本においては。

茂木　いやいや、俺の話って、世間の反応とたいていずれてるから。

松尾　それは世間のほうがずれていっているところがあるんじゃないかなあ。

茂木　俺、小・中学校は公立に通っていたんだけれど、当時のクラスメイトを思い出すと、いかに自分のほうがずれていたかがわかるの。それを思い返して反省している。ああ、俺のほうが異物だったんだと。

松尾　異物が世の中を動かすところもあるでしょう。生物界だって、突然変異から淘汰が進んで、進化していくわけじゃないですか。

茂木　うーん、そうかなあ。キッチュ（松尾氏の旧芸名）さんは子供の頃、そういう感覚はありませんでしたか？

松尾　どこに行っても居心地が悪いという感じはありましたね。たとえば、体育の授業に参加したくない時なんかは、ずーっと見学させてもらっていました。僕、走るのが大嫌いだったんですよ。

茂木　どんな理由をつけて見学してたの？

松尾　いや、まあ、走りたくない……って。

茂木　えっ！　それ通用しないでしょ。

松尾　はい、通用しませんね。だから罰として、体育の先生の肩をずっと揉まされたりしていました。

茂木　そんな話を聞くと、意外と俺は我慢しちゃう子供だったのかもしれない。ずっと我慢してきた挙げ句、この歳になって最近つくづく思うのは、なんか、この国、かなり面白い国だなと。

松尾　それは楽しいの意味の「面白い」というより、現象として「ストレンジ」ってことですよね。

日本の忖度を容赦なくぶった斬る人工知能

茂木　俺もややこしいことはたくさん抱えてはいるんですよ。だけれど最近すごく痛感しているんです。そこかしこで聞く、日本の「忖度」って、世界的にはどんどん通用しなくなるなって。

松尾　とくに最近？

茂木　ええ、ChatGPT（チャットGPT）[＊1]が公開されてから。

［＊1］ChatGPT　米OpenAI社が開発した、人工知能（AI）を使用したチャットサービス。

松尾　そのへん、僕は弱い分野だから、茂木さんの話、すごく聞きたいです。

茂木　俺が脳科学を始めたのは、もともとは人工知能がきっかけだったんですよ。2020年にノーベル物理学賞を受賞したロジャー・ペンローズ［＊2］という人がいるんです。俺は博士課程の時に「人工知能では人間の『意識』を超えることはできねーよ」みたいなことを著した彼の著書（『皇帝の新しい心』）を読んでものすごく感動して、人間の脳の研究をしようと思ったんですね。けれど今年の3月15日にチャットGPT（GPT-4）が公開されて、これは近い将来、Googleに取って変わるんじゃないかとも言われている。いまITの世界ではとくに、チャットGPTの話題でもちきりで、ウッドストックみたいなことになってるんです。俺も人生最大と言っていいほどの衝撃だった。その時に思ったのは、これまでの日本のやり方、つまり忖度なんかが、ますます通用しない時代になってきたな、という恐怖感。

松尾　でも日本の忖度みたいなものも、いずれはAIに組み込まれるようにはならないんですか？

茂木　もちろん、それもあるかもしれないけど、セクハラ問題とかこれまでうやむやにされてきたことなんかをこいつ（チャットGPT）に聞いてみたら、「それはダメだよね。はい次」みたいに瞬殺されると思う。

松尾　つまり「お言葉を返すようですが……」とかそういうのはないというわけか。

茂木　そうそう。一言でいうと、容赦がないんですよ。ちょっと今使ってみましょうか？たとえば、「松尾貴史さんにぴったりのプレゼントは何でしょうか?」と聞いてみよう。これまでの検索だとまず答えてくれないでしょ。でも、こいつは、何か答えますよ。

松尾　もう、そのシステム自体がなんなのかよくわかっていないから、いったい何が起きるのかもわからない(笑)。

「松尾貴史さんに何かプレゼントをあげたいのですが、何がいいでしょうか」

(一部抜粋)

体験型のプレゼント。彼の趣味に関連する体験型のプレゼントが喜ばれるでしょう。たとえば、料理教室やアートワークショップ、スポーツイベントのチケットなど。

お酒やグルメのアイテム。松尾貴史さんがお酒やグルメに関心がある場合は、高級な日本酒やワイン、または彼の好きなスイーツや地域の特産品などをプレゼントすると喜ばれるでしょう。

芸能人との交流。彼が尊敬する芸能人との交流の機会をプレゼントすることも素晴らしい考えになるかもしれません。その芸能人と連絡を取り合い、特別な際にはメッセージやサイン入りのグッズをもらい……。

プレゼント選びのポイントとして、彼の関心や好みをよくリサーチして、彼が喜ぶアイテムを……

茂木　ね、すさまじくないですか? 完全に破綻のない文章で出てくるから驚くよ。

松尾　しかも一瞬で出てきたし、提案型だし。これを書いているやつはどこにいるんです

[*2] ロジャー・ペンローズ　1931年、英国生まれの数理物理学者、数学者、科学哲学者。

か？

茂木　サーバー。チャットＧＰＴのサーバーにいる。やばいよね、中のやつはネットの海の中のあらゆる文章を全部読んでいるからね。もちろん今公開されているのは、２０２１年までの情報しか入ってはいないけど。

松尾　これ、書いていくうちに自己矛盾みたいなものは起きないんですか？

茂木　それがまたすごいところで、文脈――トークンっていうものと関係しているんですけれど――、こいつは前に言ったこととかも全部覚えてるんですよ。それに「レッドチーム」っていうすごいやつらもいるんです。

松尾　それはいったいどんなやつら？

茂木　たとえば、チャットＧＰＴの開発途中で、レッドチームという攻撃するチームを作るんですよ。もともとは軍隊の演習で攻撃をする側を「レッドチーム」、防御する側を「ブルーチーム」と呼んでいたことに由来します。今はＩＴの分野でもそうした演習が必要なんです。チャットＧＰＴでいうと、相談者がうっかりして個人情報を書き込んでしまうかもしれないじゃないですか。私は○○に住んでいる、○○という者です。年齢は○歳で家族構成は……といった具合に。通常の設定ではそういったものは出せないようにしているんだけれど、ある呪文のようなプロンプト（質問文）を入れると引き出せてしまうことがあるんです。それをジェイルブレイク（脱獄）と言います。そういうことを開発途中からレッドチームがやりまくるんですよ。いちばん邪悪なやつらがね。

松尾　邪悪な技を持っているだけで、本当に邪悪なわけではないですよね。

茂木　そうそう、そういう役回りの人たちね。そしてそれに耐えたものだけが答えとして出てきているわけです。だから本来はチャットGPTの回答は偏見もないはず。でもね、英語圏のチャットGPTに関する議論なんかを見ていると、どうやったらこいつを攻略できるか、隠れている偏見なんかも引き出すことができるかと、それはすさまじいの。そういう容赦のない世界を見ていると、日本の心優しい忖度だらけの社会ってもう無理だろうと思えてきちゃうんです。

松尾　なるほどねえ。でもナマの社会では、それでなんとか平穏を保っているという現実もある。両側をキープしていくことって不可能なんですかね？

茂木　それは日本の中にレッドチームを作らないとだめですよね。

松尾　その急先鋒が茂木さんてわけか。

茂木　うーん、でも俺、疲れちゃったんですよ（笑）。たとえば、アメリカのトランプ前大統領に対する起訴状では、34の罪状がめっちゃ細かく並べ立てられている。よくぞここまで調べ上げたな。一方、日本は？　って思うと、その差が……。

松尾　歴然。

茂木　この感じなんですよ。むこうの人工知能の開発の仕方って。容赦ないっていうか。日本の場合だとなあなあでしょう。「まあ、いろいろお立場がありますから」みたいな感じで。

松尾　アメリカにはもうそういうレッドチームが社会の中にいるわけなのか。

茂木　だから心配になっちゃうんです。この容赦ない世界の中で、日本人は忖度のある優しい世界を維持していけるんですかね？

松尾　そもそも忖度っていうのは、慮(おもんぱか)って何かをしてあげたりあげなかったりすることですよね。それによって社会がよりよく回るんだったら、そういう作法というか文化も時には必要かもしれない。でもそうすることで国全体の発展にとってブレーキになるような忖度はやっぱり悪ですよね。忖度も適材適所で、うまくプログラミングできるといいんじゃないかと思うんだけれど、どうでしょうね。

前例主義が日本の弱点？

茂木　キッチュさんと僕はほぼ同世代ですね。いま、Ｓｐｏｔｉｆｙのグローバルトップ50を聞くのにハマっているんです。そこにはアフリカの音楽とかラテン系の音楽とか、世界中のものすごい才能が渦巻いてるんですよ。以前、「ここ二、三十年、J－POPって何も変わってないよねって」って言ってたら、広瀬香美さんに「もぎもぎ、そういうこと言うから嫌い！」って怒られた。「ロマンスの神様」は好きだけれど、コンビニとかに流れている今の曲って、みんな順列の組み合わせを変えただけで、俺には全部同じに聞こえちゃう。俺が小学校の頃の日本の歌謡曲の年間トップ10ってすごかったなあって思うんですけれど。

松尾　スケールが大きかったですよ。小さな観察とか心の動きだけじゃなく、本当に宇宙や地球の裏側を感じさせたり。かと思ったら、「畳の色がそこだけ若いわ」（「微笑がえし」阿木燿子作詞）とかもある。

茂木　ピンク・レディーは、最初に流行ったのが「ペッパー警部」でしょ、それから「SOS」が出て……。

松尾　「背番号1のすごい奴が相手」の「サウスポー」（阿久悠作詞）とか。

茂木　「UFO」（阿久悠作詞）もすごかった。

松尾　「UFO」はシングルとしてはいちばん売れた曲でしたよね。あれこそ宇宙ですよね。「地球の男に　あきたところよ」なんて言ってるわけですから。

茂木　あの頃はテレビ見ていると毎週のように新しいものがじゃんじゃん出てきて、「なんだこれは！」という感じだった。あの頃の人たちって、1曲ヒットしても2、3曲目って絶対に違うものにしていたと思うんです。

松尾　サザンオールスターズだって、「勝手にシンドバッド」の次にヒットしたのが「いとしのエリー」ですから。

茂木　そうかあ。だからね、だいぶ話がそれてしまったけれど、俺が言いたいのは、人工知能の開発をしている人たちってそんな感じなんですよ。つねに新しいことに挑戦している感じ。あの頃の日本に似ていると思うんです。だから、今の日本ってなんかつまんねえなあって思っちゃうんだよな。

松尾　それは、前例主義がものすごく定着しちゃってるからじゃないですかね。なんでテレビが面白くなくなったかというと、ラーメンが当たりました、動物が当たりました、医療ものが当たりましたっていうと、一斉にみんなそうなっちゃう。あるタレントさんが主演したドラマの視聴率が高かったら、じゃあ今度はそのタレントさんに医療ものをやらせましょうよってなってる。当たったものをちょっと組み替えただけで企画を立てる。茂木さんがおっしゃった順列を組み替えての楽曲の作り方と同じ。新しい企画を考えているんじゃなくて、新しいものが「できたふり」をしてるだけ。そんなふうにテレビ界でぐるぐる企画を食い潰していくわけだから、どんどん規模が縮小されていくに決まっているんですよ。それでなくてもこれだけネットが台頭してきているところに、そんなものが長続きするはずもない。そうすると、マーケティングリサーチばっかりやってる大きな広告代理店の言うことだけを鵜呑み（うの）にするようになっていっちゃう。昔は、職人的なプロデューサーとかディレクターが「俺、これがやりてえんだよ」ってゴリ押しして作った番組が大化けしていた時代だった。今、テレビ界全体が守りに入っちゃっている感じなんじゃないですかね。

茂木　テレビ界だけじゃないですよね。今年のアカデミー賞で七冠に輝いた「エブリシング・エブリウェア・オール・アット・ワンス」[＊3]なんかも画期的に新しいし、インド映画の「RRR」[＊4]もすさまじかった。かつては黒澤明の斬新さって、世界の映画人に衝撃を与えたわけじゃないですか。「生きる」がイギリスでリメイクされたみたいに。だから何やってんだよ日本、何をみんな我慢しているんだって、すごく違和感を覚えます。

松尾　「そういう企画は当たらないよ」って言う先輩とか権力者がいっぱいいるからね。「前に俺がやってみたけれど、それで失敗したから」って。そういう人たちの発言力が強すぎる社会なんだと思います。それはエンタメ界に限ったことじゃなくて、こうしなきゃ選挙に通りませんとか、こういう政策でないとだめですよとか、そういう空気が日本全体に蔓延（まんえん）している。前例主義がこの国の弱点だと僕は思うんです。

茂木　思い当たる節がありすぎるな。俺、実は総務省とかの審議会に何回か呼ばれたことがあるんです。キッチュさん、行ったことありますか？

松尾　あるわけないじゃないですか。僕がそんなところに呼ばれるはずもない。

茂木　いや、俺も変人だから定着しないんですけれどね。たとえばそういう審議会って、10人審議委員がいたとすると、1人5分くら

[＊3]「エブリシング・エブリウェア・オール・アット・ワンス」2022年米国製作のSF映画。第95回アカデミー賞で作品賞はじめ、7部門を受賞。
[＊4]「RRR」2022年インド製作のミュージカル・アクション映画。

い、役人が書いたペーパーの内容を言って、それで終わり。なんかアリバイ作りみたい。

松尾　ああ、やったふり。

茂木　そうなんですよ。ほとんど意味がない。ものすごくつまんないなっていう態度が出ちゃったんでしょうね。総務省とかなんかには、二度と呼ばれません（笑）。

松尾　異論を出したんじゃないですか？

茂木　いえいえ、ディベートとかする雰囲気じゃないですから。おそらく日本の社会の中枢にいる人たちって、そういう時にはそれこそ忖度して、与えられた役割を演じられる人がずっと呼ばれ続けるんだろうなと思いました。だから、キッチュさんは絶対無理、呼ばれないと思います（笑）。

松尾　そもそも能力的に無理です。

茂木　でも本当にこの国を愛する人たちが顔を揃えているんだったら、そういうのはやめるんでしょうけどね。でも「愛国」って言葉にもすごく疑念があるんです。「愛」というからには心の問題でしょ？　だから国のことを本当に愛しているのかどうかっていうことと、国をどっちにもっていきたいのかというのは全然違う次元の話なはず。それなのに愛国って言葉がなんかこう、議論を戦わせないムードを作ってきた気もするんですよね。

問題校則、入れ墨NGとか意味不明

松尾　そうした現象って、刷り込みなのか、教育なのか……。

茂木　あっ、最近、俺が燃えたのに問題校則もあるな。

松尾　無意味なブラック校則ですね。

茂木　今ね、キッチュさんも言っちゃったけれど、「ブラック校則」って言い方自体、英語圏では今は使えません。悪いものが「ブラック」という言い方は。

松尾　あっ、そうか！　でも、そうすると相撲の白星、黒星もだめになっちゃうんですかね。

茂木　まあ、いきすぎもよくないとは思うんですけれどね。問題校則の話に戻すと、最近注目されたのは、兵庫県の高校の卒業式で、アメリカ人の父親と日本人の母親を持つ男子高校生がコーンロウという髪型で卒業式に出席しようとしたら、別の場所に隔離されたってやつ。コーンロウというのは、アフリカルーツの方は普通にやっている髪型でしょ。「文化的に」どうこう人もいるけれど、そんなことよりも本人が選んでやっている髪型に何か問題があるのかと。じつは俺は屋久島おおぞら高等学校という通信制の高校の校長もやっていて、この前入学式があったのね。出席したら、みんな素晴らしくてね。今の高校生の髪型のクリエイティビティってすごいんです。インコみたいなカラフルな子がいたり、色違いの毛を編み込んだ三つ編みの子がいたり。髪型と頭の中身ってなんにも関係ないのに、とやかく言うってなんなんでしょう。学生らしい髪型って何？

松尾　中学生らしく丸坊主にしろって言うけれど、丸坊主にさせた側が、それが「中学生らしい」って言葉を使っていること自体がおかしくないか？と思います。あれって軍隊の影響ですもんね。全部同じにして管理しやすくするためのもの。環境における自由度があれば、どんどんクリエイティブな才能も花開いていくんだと思うんですよ。1が2、2が4、4が16というように加速度的に進んでいくと思うんですけれどねえ。

茂木　ほんと、わからないよね。あと、俺はタトゥー問題についても、10年ぐらい燃え続けています。まったく、俺はやっぱりこの世の中で異物なんだろうな。外国に行くと、俺のほうが普通なんだけれど、やっぱり日本では俺は異物。だって、タトゥーを入れていると温泉とかプールに入場禁止って、ぜんぜん意味わからない。

松尾　昔は、ヤクザのことを入れ墨者って呼んでいたからねえ。

茂木　ヤクザの入れ墨と、この人のタトゥーは違うよねって言っても、「それを見るとヤクザを思い出させるから」とか言われるんですよ。いや、それって君の問題だよねって。「それはあなたの感想ですよね」って。

松尾　(爆笑)。よっぽどその人がヤクザにひどい目に遭わされて、心に傷を負ったってことなら別だけれど。入れ墨の話でいうと、日本では一度入れてしまったら消えないという、入れ墨の持っている不可逆性みたいなものに抵抗を感じるような人たちもいるんだと思うんですよ。それで相手のことを思って、止める、みたいなムード。

茂木　キッチュさんとしては温かいなっていう感じ?

松尾　いやいや、こういうお節介に関してはですよ。そんなの入れちゃうと、あとで困るよとか。親戚のおばちゃんが言いそうじゃないですか。そういう感覚も、ノスタルジーというかおっちゃん的にはあるんですよ。

アインシュタインはポンコツだった

茂木　あと俺は「東大王」クイズにも違和感がある。俺の中に学校名なんかで人を決めつけるっていうのは根本的にNGという絶対的な倫理観があるのね。クイズマニアがいるのはいいんですよ。こいつ、クイズばっかりやってて馬鹿だなあって。

松尾　タレントチーム、お笑いチーム、俳優チーム、文化人チーム、スポーツ選手チームとか分かれるのもあんまり意味ないなと思いますよ。

茂木　キッチュさんって、そういう番組に出てたっけ？

松尾　そういうのに放り込まれたことはありますよ。

茂木　俺はクイズ番組の出演依頼は受けないんです。なぜかというと、絶対に答えられないから。

松尾　正解はわかっているのに、いろいろ思いついて言っちゃうから答えにならないのかもしれない。

茂木　何が賢いというのかもこれからは人工知能の発展によって変わっていくと思うんです。DMMの創業者の亀山敬司（けいし）

さんという方がいて、俺はとても尊敬しているんですが、彼はプログラムなんて絶対に1行も書いたことはないと思うんです。けれども今、ＡＩとかいろんなことをやっていて、とにかく判断力、野性的な直感がすごい。これはいけるとかいけないとか、儲かるとか儲からないとかすぐわかる。そういう人がいちばん賢いんだろうなと思います。

松尾　そういった野性的な直感というのは、ＡＩに組み込めるものなんですか?

茂木　いや、無理でしょうね。ＡＩというやつは、さっきの回答を見ておわかりかと思いますが、意外と優等生なんですよ。

松尾　そうでしたね。

茂木　でも、世の中で成功している人って、どこか頭がおかしいじゃないですか。

松尾　つまり、ここ（チャットＧＰＴやその他のＡＩ）から出てくる答えは、減点主義を乗り越えられる及第点がとれるものというわけか。でも僕は、加点主義で何千点、何万点もとれるけれど、日常生活は全然ダメみたいな人が世の中を変えていくと思いたい。

茂木　日本にもそういう人がいると思うし、そういう人を大事にする社会にしたいなと思います。キッチュさんなんかもその一人ですけれど。独自。一属一種みたいな。

松尾　それは、生物界では必要なくて淘汰されていくかも……。

茂木　違う、違う。俺、アインシュタインが好きで科学者やってるんです。でね、アインシュタインという人は、いかにポンコツであったかを後からだんだん知っていくわけですよ。アインシュタインの相対性理論の論文は、おそらく妻のミレヴァがかなり書いていたっていうことが最近わかってきた。だから、才能があるけれどダメンズで、大学も全然通っていなくて、単位も適当で成績も悪くて。でも逆にミレヴァは、実はアインシュタインよりも数学ができた。

松尾　アインシュタインが亡くなったあと、ミレヴァが最先端の天文所かどこかで、こんなにすごい設備で、こんなことが解析できるようになりました！という案内を受けた時、「うちの夫は、それを封筒の裏でやっていましたけどね」って答えたっていうのを知って、粋な返しをするなあと思いました。

茂木　それだけ夫を愛していたし、その才能も認めていたんでしょうね。ところで、このミレヴァに対し、アインシュタインはノーベル賞の賞金をあげているんです。従来は離婚の慰謝料代わりだったと思われていたんですが、最近では口止め料だったという説もあるんです。４つの論文を発表して「奇跡の年」と言われている１９０５年の論文も、どうも二人で書いていたようです。検算なんかもミレヴァがやって、清書も彼女がやってくれてたみたい。ポンコツすぎるでしょ、もう（笑）。才能があっても、最後までやり遂げられないやつっているじゃないですか。でもアインシュタインはそんなポンコツなところがあったからこそ、突出した才能もあったんだと思うんです。

松尾　減点主義の社会ではアインシュタインは生まれなかった？

茂木　もう、絶対に無理。日本もそういうポンコツを活かして愛せる社会になってほしいと思うんですよね。

言行不一致こそが人間

茂木　で、師匠……。

松尾　師匠って呼ばないでよ。

茂木　いや、我々の共通の趣味は落語ですからね。俺、昼間は忙しすぎるんで、寝る前くらいはリラックスしようと思って落語を聞いているんですが、やっぱりいいよね。それで思ったんですよ。今日、ずっとおっしゃっている日本の社会が持つ温かさって、やっぱり落語の中に生きているなって。

松尾　「これが人情じゃねえか」ってね。風呂場で誰かの背中を流していると思っていたら壁を洗っていたとか、見ている人がそんな馬鹿な！と突っ込みたくなるようなイマジネーションで情景を作ってくれることって普段あまりないじゃないですか。とくに今は、どんなものでも説明過多、情報過多だから。それなのに、1人のおじさんが右向いて、左向いてしゃべっているのを聞いているだけで、ここではないどこかを頭の中に創造するなんてことは日常的にやらない作業なんですよ。だからそれがストレス発散や癒やし効果があるんじゃないかなって思うんです。

茂木　これ、キュッチュさんと昔、しゃべった時に確か言ったんですよね。粋かどうかが大事って。

松尾　そんなこと言いましたね。

茂木　俺もそれ、すごくわかるんです。一つの美意識として。「それを言っちゃおしまいよ」みたいな。

松尾　そうなんですよ。だから他人の振るまいを見て「おまえそれ、粋じゃないよ」っていうのがいちばん粋じゃない。

茂木　で、俺は他人のことばかり言ってる人というのが、苦手になってきている。私は正しい！みたいな。

松尾　僕はいつも「人のことは言えませんが」って言い方ばかりしていますね。

茂木　それいい！

松尾　人のことは言えないが、でもなんでも言えるっていいですよ。

茂木　だから、俺はポンコツって言葉が好きなんだな。自分でも「俺はポンコツだ」っていつも言ってるんですけれど、ポンコツだって思っていたら、人に対して一方的に正論をぶつけることはしないと思うんですよね。ご結婚していたことが発覚して最近炎上した〝おひとりさま〟の上野千鶴子先生のことも、いいじゃないかって思うんですよ。一人の女性として愛情があって。あのことで上野先生を批判する気には全然ならない。人間ってもともとそういうものだよねって思う。むしろ「イデオロギーで『おひとりさま』って言ってたくせに！」って言うようなタイプのほうが苦手だなあ。言行不一致じゃないかとか叩かれていたけれど、そもそも人間なんてものは、言行一致しないでしょう。

松尾　それに人間は、一つの側面だけで生きているわけではないですからね。いろんな面があるに決まってます。その都度、さまざまな局面で、さまざまな役割を演じて生きているわけじゃないですか。たとえば、頭の中でものすごくエッチなことばかり考えている人でも、ちがう場面ではものすごく崇高な活動をしていてもいいわけだし、それが同一人物だなんてあり得ないなんて言っているほうがあり得ない。

茂木　日本には建前っていう言葉もあるけれど、昔は建前って、裏があっての建前だったのに、最近は生命力のない建前だけの社会になっている気がするんですよ。

松尾　山本太郎くんって存在がいるじゃないですか（笑）。彼のことを理屈で批判するのではなく、「メロリンＱ」って言って馬鹿にすればなんとかなると思っている人たちがいるでしょう。でも、「メロリンＱ」の側面、あったっていいじゃないすか。

茂木　「メロリンＱ」を否定的に言ってるわけですね。「メロリンＱ」は立派だよ！

松尾　ええ、立派ですよ、最後の手段で出してましたもんね。

茂木　「メロリンＱ」をやったから、山本太郎は偉人なんだと思うけどね、俺は。

松尾　だから偉人って！（笑）

もしかして日本を救うのは落語？

松尾　この対談もそろそろ希望のある言葉で締めくくりたいんだけれど、今のままだと「松尾　苦笑」で終わっちゃいそう。困ったなあ。

茂木　俺は日本ってどこか「ええじゃない

か」みたいなモードがあると思ってるんですよ。それがこの国の面白いところかなと。江戸時代もそうだったじゃないですか。「このままでいいんじゃね？」って言っていたのに、何かスイッチが入ると、「わーーっ！」みたいな。しかしいつ、そのええじゃないかスイッチが入るんだろうね？

松尾　その前に国民の一揆が起きなくちゃおかしいとは思うんですけれどね。

茂木　今のところ、まだ「このままでいいんじゃね？」って思ってるんでしょ。

松尾　でも、そういうのが起きる時も、兆候は見えていないけれど、ぽつり、ぽつりと何かが小さくはじけてはいたんだと思う。

茂木　俺は日本はマイルドヤンキーの国だと思っているんですよ。こう見えても『ＩＫＩＧＡＩ』『ＮＡＧＯＭＩ』という2冊の本を書いて、外国に対しては日本のいいところを言いまくってる。実は俺、めっちゃいい人なんですよ。「いきがい」ってこうだよ、「なごみ」ってこうだよって、英語で説明してさ。

松尾　国際派としてね。

茂木　2冊目の『ＮＡＧＯＭＩ』の中で、聖徳太子が十七条憲法の第1条で「和を以て貴しとなす」と言っていて、日本は和みの国なんだと書いたんですよ。でね、その聖徳太子が日本は「日出ずる処（ところ）(The land of the rising sun）である」と言ったら、当時の中国が怒ってしまったの。でも聖徳太子は、中国から見たら東側だから文句言えないだろうって。たしかに太陽が昇る方向だからね。ほら、聖徳太子もマイルドヤンキーでしょ？　この感じわかるかなあ？だからどっかまで行くと突然日本人は、「ウェー」みたいになるんじゃないかと。

松尾　なるんですかね？

茂木　そこに俺は期待しているんだけどね。もっといろいろあっけらかんと話せばいいんだと思うんだよね。落語にはあっけらかんも和みもあるんだよね。『NAGOMI』のなかでは、落語の「芝浜」［＊5］も紹介しているんですよ。でも俺、紙幅の都合でカットになってしまった「居残り佐平次」［＊6］がものすごく好きなんですよ。

松尾　フランキー堺さん主演で映画（「幕末太陽傳（でん）」）にもなってますよね。

茂木　「居残り佐平次」がすごいのは、誰も不幸になっていないってところだと思うんだ。だって、佐平次がわざと「居残った」遊郭はあれで繁盛するし、佐平次はそれでお金が儲かってる。

松尾　三方一両得みたいですね。

茂木　経済ってそういうふうに回せばいいんだと。

松尾　そうなればいいですよね。

茂木　悲しい境遇を笑い飛ばすようなセンスだって日本人はもともとあると思うんだよ。「長屋の花見」［＊7］とか「貧乏神」［＊8］とか。

松尾　キーワードは「気で気を養う」ですからね。ものは考えようだよ、感じ方だよって、つまり、脳の中で楽しめって言ってる。どんな状況にあっても楽しむ強さがあるんだよな。

茂木　すごいよね。なんか落語力があったら、この国でも生きていける気がしてきた。でも、今、現実に日本で起きている事象を落語に当てはめてみたら、ずーっと怒っているかもしれないな。そうそう、俺の友人が言ってましたよ、「松尾さんの連載って、ずーっと腹立てるよね」って。

松尾 (爆笑)。

茂木 俺もよく言われるんですよ。いつも怒ってるって。でもこれは「怒芸」なんだと今思った。

松尾 人が怒っていることって面白いから。チャップリンが言っていた、「人生は近くで見ると悲劇だが、遠くから見れば喜劇である」っていうことにも通じて、どっちの側面で見るかで笑ったり、怒ったりできるんだなっていうのがありますよね。

茂木 そう考えると、ちょっと希望が湧いてきたな。

松尾 本人も思わず笑っちゃうような芸もあれば、泣かせる芸も、怒る芸もあるんですよね。我々は、これからも怒芸でいきましょうよ。

[*5]「芝浜」 古典落語の一つ。拾った財布を巡る夫婦の愛情を描いた人情噺。

[*6]「居残り佐平次」 古典落語の一つで、遊郭を舞台にした廓噺。「居残り」とは遊郭で代金を支払えなかった場合にその形として残ること。

[*7]「長屋の花見」 上方落語では「貧乏花見」とも。貧乏長屋の衆が大家に呼び出され、酒の代わりに番茶、卵焼きの代わりにたくあんを持って花見に行く。

[*8]「貧乏神」 上方落語の一つ。何度も妻に逃げられる男とその男にとりつく貧乏神のやりとりを描く。

茂木健一郎(もぎ・けんいちろう)

1962年、東京生まれ。脳科学者。作家。ソニーコンピュータサイエンス研究所シニアリサーチャー。東京大学理学部、法学部卒業後、同大学大学院理学系研究科物理学専攻課程修了。理学博士。理化学研究所、ケンブリッジ大学を経て現職。専門は脳科学、認知科学。

対談編集協力／橋本裕子
撮影／髙橋勝視

本書は、毎日新聞「日曜くらぶ」の「松尾貴史のちょっと違和感」２０２１年11月14日～２０２３年４月２日掲載分に加筆修正の上、単行本化したものです。文中の肩書き等はとくに断り書きがない場合は連載当時のものをそのまま使用しています。

松尾貴史（まつおたかし）

1960年、兵庫県生まれ。大阪芸術大学芸術学部デザイン学科卒業。俳優、タレント、ナレーター、コラムニスト、「折り顔」作家など、幅広い分野で活躍。東京・下北沢のカレー店「般゜若（パンニャ）」店主。著書に、『作品集「折り顔」』（古舘プロジェクト）、『違和感ワンダーランド』『ニッポンの違和感』『違和感のススメ』（以上、毎日新聞出版）、『東京くねくね』（東京新聞出版局）ほか。

人は違和感が9割

印刷　二〇二三年六月一五日
発行　二〇二三年六月三〇日

著者　松尾貴史

発行人　小島明日奈

発行所　毎日新聞出版
〒一〇二-〇〇七四
東京都千代田区九段南一-六-一七
千代田会館五階
［営業本部］〇三（六二六五）六九四一
［図書編集部］〇三（六二六五）六七四五

印刷・製本　中央精版印刷

©Takashi Matsuo 2023, Printed in Japan
ISBN978-4-620-32778-5
乱丁・落丁本はお取り替えします。
本書のコピー、スキャン、デジタル化等の無断複製は著作権法上での例外を除き禁じられています。